KB121211

로크미디어가
유혹하는
재미있는 세상

ROK
MEDIA
로크미디어

# 이것이 법이다

# 이것이 법이다 70

2019년 8월 19일 초판 1쇄 인쇄
2019년 8월 22일 초판 1쇄 발행

**지은이** 자카예프
**발행인** 이종주

**총괄** 김정수
**경영 지원** 배진경 임혜솔 송지유

**기획** 이기헌 왕소현 박경무 이승제
**책임 편집** 최전경

**발행처** (주)로크미디어
**출판등록** 2003년 3월 24일
**주소** 서울시 마포구 성암로 330 DMC첨단산업센터 3층 318호, 319호
**Tel** (02)3273-5135 **편집** 070-7863-8592 **Fax** (02)3273-5134
**홈페이지** rokmedia.com  **E-mail** rokmedia@empas.com

ⓒ 자카예프, 2015

값 8,000원

ISBN 979-11-354-3709-0 (70권)
ISBN 979-11-255-9575-5 04810 (세트)

# 이것이 법이다

## 70

자카예프 장편소설

ROK
MEDIA
로크미디어

# CONTENTS

흡혈귀 같은 놈들     7

더러운 건 나도 잘해     45

인생의 족쇄     103

이혼은 계획이다     139

폭로는 타이밍     177

자기 인생도 통제 못하는 것들이?     221

백수라니요. 무슨 섭섭한 말씀을     259

죽음은 공평하지 않다     303

# 흡혈귀 같은 놈들

"정치를 하시겠다고요?"

시대가 바뀌고 역사가 노형진이 모르는 쪽으로 흘러가면서 바뀐 것은 한두 가지가 아니었다.

당장 대통령이 전혀 엉뚱한 사람으로 바뀌자 기업들의 흐름도 바뀌었으며, 그렇게 미래가 바뀐 사람들 중에는 노형진이 아는 사람도 있었다.

"그럴 생각이네. 의외인가?"

"네? 아니…… 네. 의외이기는 합니다."

송정한, 새론의 대표.

그가 정치에 나설 결심을 한 것이다.

원래 역사에서는 새론이 없었으니, 당연히 송정한도 수많은 변호사 중 한 명으로 살았을 것이다.

그런 그가 정치를 하겠다고 하다니.

"고민을 많이 했네. 하지만 자네 말이 맞는 것 같더군."

"제 말요?"

"청소를 하려면 내 몸이 더러워지는 걸 피할 수 없다고 하지 않았나?"

"아, 네……."

"정치권은 지금 개판이지. 결코 깨끗하다고는 할 수는 없네."

"그렇지요. 하지만 이런 말 드리긴 죄송합니다만, 대표님이 들어가신다고 해도 깨끗해지지는 않을 겁니다."

송정한과 같은 꿈을 가지고 정치계에 들어간 사람들이 없는 것은 아니다.

문제는 성공한 적이 없다는 것.

"그들의 최후는 세 가지 중 하나였죠. 결국 더러움을 참지 못하고 뛰쳐나오거나, 똑같이 타락하거나, 정적들에게 죄를 뒤집어쓰고 쫓겨나거나."

"알고 있네."

송정한은 고개를 끄덕거렸다.

"하지만 나는 그들과 다른 게 하나 있지."

"다른 거라고 하시면……?"

"자네 말이야."

"저요?"

"그래. 기존에 있던 사람들은 혼자 싸우거나 일부 몇몇의 힘만 가지고 있었지. 사실 정치권에서 1선 의원이 무슨 힘이 있겠나?"

거의 없다.

그리고 제대로 된 사람이 재선을 노리는 건 거의 불가능하다.

공천을 주지 않는 경우도 허다하고, 공천을 받아도 주변에서 떨구기 위해 사력을 다하니까.

"하지만 나에게는 자네가 있지."

"제가요?"

"그래. 내가 안에서 그들을 바꿀 수 있을 거라 생각하지는 않네. 하지만 정보는 캐낼 수 있겠지."

노형진의 얼굴이 딱딱하게 굳었다.

다른 사람도 아닌 송정한이다.

그런 그가 스스로 스파이가 되겠다는 것이다.

"대통령도 프락치를 하는데 나라고 하지 말라는 법은 없지 않나? 후후후."

"하지만 편하지는 않을 겁니다."

"알고 있네. 그러나 적을 무너트리는 가장 좋은 방법은 내부에서부터 흔드는 거지."

"그건 그렇지요."

하지만 정치권 내부에서 정보를 주는 사람은 없다.

친하다고 하는 사람들도 서로를 위해 이용할 뿐, 적절한 정보를 주지는 않는다.

"자네가 정치에 관심을 두지 않는 이유는 알고 있네. 하지만 내가 싸울 곳을 내가 정하고 싶은 것도 솔직한 마음이고."

송정한은 착잡한 얼굴로 계속 이야기를 이어 갔다.

"자네와 함께 싸우면서 나도 느낀 게 있다네. 정치가 세상의 절반이라는 거지."

사람들은 자신의 삶이 정치와 상관없다고 생각한다.

하지만 삶의 가장 밑바탕을 이루는 것이 정치다.

그저 직접적으로 보이지 않을 뿐.

"기업이 뇌물을 주면 수익이 줄어들지. 그 수익의 빈자리는 결국 가격 인상으로 메꾸고 말이야. 반대도 마찬가지야. 방만 경영해서 기업이 망하면 국가 자금이 투입돼서 기업을 살리네. 그리고 그 돈은 국민들의 세금으로 메꿔지고, 다시 살아난 기업은 국민들을 착취하는 것을 반복하지."

끝도 없는 악순환.

"정치인으로서 권력을 쥐고 흔들 수는 없겠지만, 최소한 올바른 게 뭔지 알고 있으니 노력은 해 볼 수 있겠지."

"힘드실 겁니다."

"이미 결심을 했네."

송정한의 말에 노형진은 더 이상 말리지 않았다.

자신이 싸울 자리를 정하는 것도 남자의 능력이다.

그가 싸울 자리를 정했다면, 자신은 그저 그를 도와주면 될 뿐이다.

"송 대표님이라면 잘하실 겁니다."

"글쎄……."

송정한은 자신 없다는 듯 희미하게 미소 지었다.

여기서 이렇게 나간다고 해도 타락하지 말라는 법은 없다.

권력의 맛은 너무나 달콤하니까.

"그래서 내가 맡은 사건들을 다시 분배 중일세. 지금부터 선거 준비를 해도 빡빡하니까."

"그렇지요."

갑자기 나가는 사람이 당선될 가능성이 과연 얼마나 될지는 모르겠지만, 노력은 해 봐야 한다.

"그래서 사건을 분배하던 중에 자네 도움이 좀 필요한 사건이 있어서 말이지. 지금으로써는 내가 할 수도 없는데 또이 사건을 그냥 아무한테나 맡길 수 있는 상황도 아니어서 말이야."

"무슨 사건인데 천하의 송 대표님이?"

노형진은 고개를 갸웃했다.

아무리 분배 형식이라고 하지만 새론의 대표인 그에게 가는 사건은 그저 그런 사건이 아니다.

그런데 그런 그가 포기할 수 없는 사건이라니?

"불법 채권 추심 사건이네."

"불법 채권 추심요?"

"그래. 법정이율을 한참 넘는 이율로 불법 채권을 추심하는 거지."

"그런 사건이야 흔하지 않습니까?"

그런 사건은 워낙 흔해서, 그걸 가지고 소송하는 것은 어렵지 않다.

애초에 현재의 법정이율인 44%를 넘는 것은 어떤 계약을 했든 불법이고, 그걸 소송하면 기존의 돈까지 토해 내야 하기 때문이다.

"그래, 어려운 사건은 아니었지. 하지만 폭력 집단이 관계가 되면 문제가 되지."

"폭력 집단?"

"나한테 의뢰를 맡긴 사람이 린치를 당했다네. 지금 사경을 헤매고 있지."

노형진의 얼굴이 딱딱하게 굳었다.

아무리 법정이율을 넘는 이자로 돈을 착취하는 조직이라고 해도 섣불리 폭력을 행사하지는 않는다.

그러면 경찰에게 집중적으로 추적당하기 때문이다.

그러나 이번에는 송정한의 의뢰인에게 린치를 가했다는 것이다.

"그래서 다른 사람들이 잔뜩 겁먹었네."

"혹시나……."

"무슨 생각을 하는 건가?"

"한국계 자금은 아닌 것 같아서요."

"어째서?"

"한국계 자금이라면 그런 식으로 섣불리 움직일 리 없거든요. 분명히 경찰의 추적이 시작될 겁니다. 그런데 그걸 생각하면 참 말이 안 되죠."

"자네 생각은 어떤가? 어디일 것 같나?"

노형진은 턱을 문질렀다.

한국은 복마전이다.

그리고 주변에서 돈이 몰려온다.

미국이나 유럽의 자본은 아닐 것이다.

미국은 아예 이율 제한 자체가 없으니 한국까지 와서 사채놀이를 할 리 없다.

'일본? 아니야.'

일본을 좋게 보는 건 아니지만, 일본은 쓸데없는 문제는 만들지 않으려고 한다.

못 받은 돈에 대해 폭력을 행사할지언정, 린치를 가해서 사경을 헤매게 하는 경우는 드물다.

더군다나 지금 한국의 사채시장의 상당수를 장악한 것이 바로 일본계다.

그들은 어찌 되었건 법정이율을 준수하고 있다.

'남은 건…… 중국이군.'

그들은 돈을 좇는다.

공산주의면서도 자본주의를 따라 움직인다.

그리고 인명 경시가 심하고 보복이 일상화되어 있다.

"중국이네요. 그 자금은 중국에서 온 거겠군요. 아마도 린치를 한 사람은 중국에서 온 조선족이나 깡패일 테고, 끝난 후에 물러갔겠지요."

고개를 끄덕거리는 송정한.

"역시 자네는 대단해."

"대단하다기보다는, 논리적으로 그거 말고는 답이 안 보입니다."

중국에서 사람 불러서 한 명 담그고 그 후에 바로 돌려보내면, 경찰은 어쩔 수 없으니까.

"다른 피해자들이 겁을 집어먹고 사건을 취하하려고 하는 걸 간신히 잡고 있네."

"이율이 얼만데요?"

"연 500%."

"네?"

노형진은 어이가 없어서 말문이 막혔다.

한 100%쯤 되는 줄 알았다.

그런데 연 500%라니?

그러니까 1천만 원을 빌리면 1년에 5천만 원을 이자로 갚아야 한다는 소리다.

"그게 무슨 말도 안 되는 소리입니까?"

"나도 어이가 없지만 그게 사실이네."

"아니, 정말 어지간한 데서 빌려도 그 정도는 안 나올 텐데요? 이런 말씀 드리긴 죄송하지만, 그 정도면 돈을 빌린 사람의 지능을 의심해야 하는 거 아닙니까?"

방송으로 돈 빌려 가라고 광고하는 곳이나 시장에서 지라시를 뿌리는 곳에서 빌려도, 법정이율과 일수라는 게 있어서 그 정도는 안 나온다.

"교묘하게 사기를 치더군. 처음에는 이율이 0%야."

"그런데요?"

"그런데 3개월이 지나면 자동으로 최고 이율인 44%가 되네. 그 후에 한 번이라도 연체되면 최고 500%가 되는 거지. 문제는 이놈들이 교묘하게 함정을 짜서, 연체가 안 될 수 없게 한다는 거야."

"미친."

누군가 당장에는 이자가 없으니까 단기간에 쓰고 갚을 수 있다는 생각에 빌린 것이다.

그리고 갚지 못한 거고.

"미친놈이군요."

"미친년이라는 표현이 맞지."

"네?"

"내가 이 사건을 자네에게 배당하는 이유는 단순히 폭력 조직 때문은 아니야."

"그러면?"

"자네와 악연이 좀 있지. 그놈들이 그렇게 악착같이 돈을 모으는 이유가 자네를 노리기 위함인 듯하고."

"저를요?"

노형진은 고개를 갸웃했다.

자신을 노리는 이유가 뭘까?

알 수가 없다.

중국과 접점이 없어서가 아니다.

너무 많아서 감이 안 잡히는 것이다.

"자네, 소학림 기억하나?"

"소학림요?"

노형진은 눈을 찌푸렸다.

사건을 너무 많이 맡아서 모든 사람을 다 기억할 수는 없지만 그 이름은 기억한다.

소학림.

송정한의 친구의 딸을 강간하고 죽였던, 중국 출신 재벌 2세대.

그리고 그의 엄마 소명자는 '소원대출'이라는 곳을 운영하고 있다.

즉, 중국계 사채업자다.

"설마?"

"맞아. 그들이네."

노형진의 얼굴은 사정없이 찡그려졌다.

⚖️

"일이 더럽게 꼬이네."

노형진은 소학림의 사건을 다시 한번 확인하면서 탁자를 탁탁 손가락으로 두들겼다.

사실 완전히 잊고 있었다.

그런데 누군가 뒤에서 이를 갈면서 음험한 짓을 준비하고 있을 줄이야.

정확하게는 몰랐다기보다는, 신경을 쓰지 않았다.

그걸 무서워하면 변호사를 못 하니까.

"이런 사건이 있었어?"

"네가 오기 전이니까 잘 모르겠지."

노형진은 한숨을 푹 쉬었다.

"그 새끼가 강간하고 죽여서 시체를 버렸는데 무마되었던 사건이야."

"살인 사건을?"

"소명자가 가진 돈이 많았으니까."

그 정도 돈이면 충분히 무마할 수 있는 일이었다.

"내가 나서면서 그게 틀어졌어."

소학림은 살인으로 잡혀서 8년 형을 받았고, 소명자는 마지막에 복수를 하겠다고 이를 갈았다.

소학림이 그의 외동아들이자 유일한 후계자였으니까.

"그럼 아직 감옥에 있겠네."

"그럴 거야."

소학림은 아직 감옥에 있을 것이다.

"소명자는 원한을 잊지 않은 모양이고."

"그런데 왜 일이 이 지경이 된 거야?"

"아마 돈을 벌어서 날 찍어 누르려고 한 걸걸."

상당한 부자인 만큼, 소명자는 막대한 돈으로 노형진에게
보복을 하려고 했을 것이다.

하지만 바로 움직이면 보복한 주체가 자신이라는 게 알려
질 테니 잠깐 침묵을 지켰을 테고.

"문제는 내가 그사이에 어마어마하게 돈을 벌었다는 거지."

"아…… 그래서……."

"그래, 더 많은 돈으로 찍어 누르기 위해 터무니없는 짓을
벌인 거야."

"다른 방법은 생각도 안 하고?"

"배운 게 도둑질이라는 말이 있잖아. 평생을 그렇게 살았
는데 다른 방법이 생각나겠어? 지금까지 돈에서 밀려 본 적
이 없을 텐데."

이율 500%.

웃기지만, 그게 복수를 위해 소명자가 선택한 길이었다.

"더럽게 꼬이네, 진짜."

중국에서 나비가 날갯짓한 게 미국에서는 태풍이 된다고 하더니, 자신이 잡은 살인범이 이런 미친 괴물을 만들어 낼 줄은 몰랐다.

"그런데 그걸 신고를 안 한다고? 500%면 당장 경찰이 구경만 하지는 않을 텐데. 어찌 되었건 현행법 위반이잖아."

"해 봐야 뭐 어쩌겠어. 우리나라에서 법정이율 안 지키는 사채업자가 한두 명이야? 처벌 자체가 무척이나 낮잖아."

"끄응…… 그건 그래."

약간의 벌금.

그리고 민사소송을 통해 그동안 받은 돈을 돌려주는 것.

그게 전부다.

"그런데 소명자는 다른 선택을 한 거지."

채무자를 죽이는 것.

그리고 그걸 소문을 내는 것.

"그러면 누가 신고를 하겠어?"

"와…… 악질이다."

"악질 정도가 아니야."

노형진은 짜증스러운 듯 소학림의 사진을 바라보았다.

"아마 돈도 안 받을걸."

"응? 돈을 왜 안 받아?"

"원금을 갚으면 더 이상 이자를 내지 않아도 되니까."

누군가 죽을 것 같으면 결국 다른 곳에서 빌려서 갚는 사람도 있을 것이다.

어디서 빌리든 그 이율보다는 낮을 테니까.

"하지만 원금을 갚지 못하면 이자는 계속 늘어나지."

"그거 확실해?"

"확실해. 사건 기록을 봐. 직접 와서 돈을 수금하게 되어 있잖아. 한국의 전산 시스템이 얼마나 잘되어 있는데."

그냥 핸드폰 하나면 계좌 이체를 할 수 있다.

그런데 굳이 그걸 직접 와서 돈을 받는다?

인건비가 얼만데?

"뻔하지. 이자만 받는 거야. 원금을 갚으려고 하면 핑계를 대거나 선이자라는 식으로 원금으로 인정하지 않는 거지."

노형진은 탁자를 탁탁 두들기며 말했다.

"이기는 건 어렵지 않아. 문제는 소명자의 뒤에 있는 사람들이야."

소명자는 언제든 중국에서 사람을 불러다가 손쓰는 데 주저하지 않는다.

"그렇게 복수하고 싶다고 하면 차라리 너를 노리는 게 더 빠르지 않았을까?"

"쉽지 않을걸."

사실 노형진은 별로 돌아다니지 않는 편이다.

그러니 기습하는 게 쉽지 않다.

"회사에는 경호 팀이 있고 아파트는 워낙 보안이 철저하니까. 다른 업무를 볼 때 습격한다고 해도, 결국 조사하면 그들이 나오게 되어 있어."

"네가 힘이 있다는 게 문제인 거구나."

"그래. 내가 힘이 있는 사람과 싸울 때 쓰는 방법과 비슷한 거지."

노형진은 누군가와 싸울 때, 상대방이 힘이 있는 사람이라면 그냥 덤비지 않는다.

일단 그의 힘을 빼고 나서 주변에서 그를 버렸을 때 물어뜯는다.

"나를 습격하는 건 어렵지 않아. 하지만 그 이후에는? 너도 알잖아, 내가 아무리 다른 변호사들과 사이가 안 좋다지만 변호사나 검사, 판사에 대한 공격은 사실상 대한민국의 모든 공권력에 대한 도전이라는 거."

"그렇지."

검사든 판사든, 결국 언젠가는 그만두고 나가서 변호사를 해야 한다.

그런 만큼 누군가 과거의 사건을 가지고 변호사를 공격하면 자신이 나갔을 때도 그렇게 될 가능성이 높다.

아니, 그럴 것이다.

그래서 검사든 판사든, 이런 사건에 대해서는 절대 그냥 넘어가지 않는다.

그런 겨우 대부분 법정 최고형을 선고해 버린다.

자신이 미래에 겪을 수도 있는 일이니까.

"아무리 소명자가 돈이 많다고 해도, 정부와 싸울 정도는 아닐 거야. 그러니 손대지 못하는 거지."

"그래서 너를 밟아 버리고 나서 폭력을 행사하려고 했다?"

"그래."

노형진은 입맛이 썼다.

변호사 일을 하면서 언젠가 보복 사건이 벌어질 거라 생각하기는 했지만, 진짜로 벌어지자 기분이 좋지 않았다.

더군다나 그 첫 타자가 힘이 있는 사람이라니.

"그런데 바뀐 건 없잖아."

"응?"

"아니, 소명자고 소학림이고, 바뀐 게 있나? 그냥 일이잖아."

"그건 그렇지. 하지만 내가 기분이 나쁜 건, 보복이 겁나거나 화가 나서가 아니야. 나 때문에 엉뚱하게 불똥이 튀어서 피해자가 발생해서 그런 거지."

"아……."

"그걸 바로잡기 위해서라도 제대로 밟아야지."

노형진은 독하게 마음먹었다.

사실 법적으로 연좌제는 불법이다.

그걸 합법으로 해서도 안 되고.

'하지만 이런 식으로 나오면 진짜 아주 빡 돈단 말이지.'

대놓고 보복하겠다고 하는데, 연좌제가 불법이라고 두고 봐야 한다니.

"에효."

노형진이 한숨을 쉬자 손채림이 그런 그의 어깨를 두들기며 위로해 주었다.

"힘내고, 우리가 할 거 하자고."

"그래. 조사한 건 어때?"

"일단 지금 소명자의 재산은 총 1,400억이야. 그중 200억이 건물 같은 부동산이고 나머지는 전부 현금이야."

"더럽게 많네. 많이 늘기도 했고."

노형진이 기억하기로는 그 정도 돈이 있지는 않았다.

즉, 자신에게 보복을 하려고 기를 쓰고 돈을 모았다는 소리다.

"여기저기 정치권에 선을 대 놓은 것도 있고, 검찰 쪽하고 상당히 친밀하게 지내고 있어."

"검찰?"

"응."

하긴, 살인 사건을 덮으려면 그것도 필수였을 것이다.

거기에다 자신을 밟아 버리기 위해서는 그쪽의 도움을 받아야 하는 것도 사실일 테고.

"국정원 쪽하고도 선이 닿은 것 같고."

"얼씨구? 그건 또 어떻게 나온 거야?"

"염룡이가 털어 봤대."

"허? 국정원을?"

"아니, 회사 컴퓨터 말이야."

물론 회사 컴퓨터에 '이 돈은 국정원 돈'이라고 쓰여 있지
는 않다.

하지만 석호국제유통이라는 회사에 정기적으로 큰돈이 들
어갔다는 흔적을 찾아냈다.

"상식적으로 사채업자가 돈을 줄 이유는 없잖아?"

"그건 그렇지."

"그래서 석호국제유통을 털어 보려고 했는데, 실패했대."

"실패?"

"어."

"어째서?"

"그래서 국정원이라 의심하는 거야. 알지, 유령 기업? 연
매출이 10억밖에 안 되는 회사가 컴퓨터 보안용으로 15억짜
리 프로그램을 쓴다는 건 말이 안 되잖아."

"아."

처음에는 쉽게 보고 건드렸는데, 대상의 보안 수준이 이상
할 정도로 높았던 것.

알고 보니 해외에서 쓰는 15억짜리 보안 프로그램이란다.

"걸리는 거 아냐?"

"그럴 일은 없다고 하더라고. 살짝 건드렸다가 의심스러

워져서 캐나다 쪽에 있는 친구를 통해 본격적으로 건드려 본 모양이야."

그렇다면 이쪽이 걸릴 일은 없다.

물론 국정원에서 캐나다를 조사한다면 또 모르지만.

"그 애들이 거기에 걸릴 만한 실력은 아니잖아."

"그건 그렇지."

화이트 해커 집단 애나머스.

그들이 그렇게 쉽게 잡힌다면 전 세계에서 그들 때문에 고민할 이유는 없다.

"그러면 날 건드리지 않는 게 말이 되는군."

지금 국정원은 노형진이 미국의 CIA와 관련이 있다고 알고 있다.

사실 아예 거짓말도 아니고.

그러니 본격적으로 건드리기에는 상당히 부담을 느낄 것이다.

"아주 작심을 했군."

노형진은 이를 빠드득 갈았다.

설마 국정원까지 포섭했을 줄이야.

"지금까지 진행된 것에 대해 아는 게 있어?"

"이게 안 좋은 소식인데……."

"응?"

"너희 가족들 주소가 새어 나간 것 같아."

"뭐?"

노형진의 얼굴이 딱딱해졌다.

이게 무슨 말인가?

가족들의 주소가 새어 나가다니?

"한 달 전쯤에 너희 가족들 열람 및 복사 기록이 있었어."

"한 달 전쯤?"

"그래. 너희 가족들이 뭐 사정이 있어서 열람하고 복사했을 수도 있겠지만, 한꺼번에 세 곳을 다 열람해서 복사했다는 건 좀 이상하지 않아?"

"한 달 전…… 한 달 전이면……."

송정한이 사건을 맡아 본격적으로 파고들기 시작할 때쯤이다.

"너 열람해서 복사한 적 없지?"

"없지."

세 곳.

자신과 부모님의 집과 누나네 집까지…….

"설마…… 세영이도?"

"다행히 그건 아닌 것 같아. 일단 가족으로 올라가 있지 않으니까."

"이런 개 같은."

한 달 전, 송정한이 사건을 본격적으로 파고들기 시작하자 그걸 알아챈 소명자가 다급하게 움직이기 시작한 게 분명하다.

이것이 법이다

자신이 알게 되면 복수를 막기 위해 움직일 게 분명하니까.

"다행히 당시에 네 부모님은 여행 중이셨고 네 매형도 판사가 되어 보안 대상이 되면서 손쓰지 못하게 된 거지."

"후우."

노형진은 끓어오르는 피를 진정시키기 위해 애써 심호흡을 했다.

'가족들을 건드리겠다 이거지.'

그에 대한 복수를 하는 건 이해한다.

그런데 가족을 건드린다?

거기에다 자기가 잘못한 것도 아니다.

자기 아들이 강간 살해한 것이다.

그것도 막대한 뇌물을 뿌려서 고작 8년 형을 받았다.

그런데 반성은커녕 복수를 한다?

"일단 우리가 알아낸 걸로는 그 정도야. 그들이 누구를 들여왔는지는 알 수가 없어."

손채림은 안타깝다는 듯 말했다.

이건 전혀 생각하지 못한 방향이었다.

"괜찮아?"

"괜찮다고 하면 거짓말이겠지. 하지만 언젠가는 벌어질 일이었어. 내가 어째서 경호 팀을 만들었겠어?"

변호사는 결코 안전하기만 한 직업은 아니다.

특히나 새론처럼 적극적으로 거대 집단과 싸우는 곳들은

더더욱 말이다.

실제로 노형진뿐만 아니라 다른 변호사들도 보복당할 뻔한 적이 여러 번 있었다.

"머리는 차갑게, 심장은 뜨겁게."

분노할수록 그들에게 끌려간다.

진심으로 화나기는 하지만, 그렇기에 더더욱 머리는 차갑게 해야 한다.

"그쪽에서 그런 식으로 나온다면 나 역시 끝장을 봐야지."

그냥 처벌을 한다?

그건 안 된다.

아예 재기 불능으로 만들지 않는 이상, 그들은 끊임없이 복수하려고 할 것이다.

"더러운 거라면 나도 만만치 않게 더러운 놈이거든."

노형진은 피식 웃으며 말했다.

"간만에 더러운 짓 좀 해 볼까?"

"누나, 미안해."

─미안하기는. 이참에 특급 호텔 좀 살아 보자. 네가 다 대 주는 거지?

"그래. 매형도 거기로 가고, 경호원도 붙일 거야."

-그런데 재판부에서 뭐라고 하지 않을까?

"괜찮을 거야. 판사들도 안전에 대해서는 심각할 정도로 고민하거든."

-그러면 다행인데 아직 새끼 판사라…….

아무래도 노현아는 남편이 새끼 판사인 상황에서 특급 호텔의 스위트룸에서 산다고 하면 위에서 안 좋게 볼까 걱정되는 모양이다.

하지만 노형진은 그렇게 생각하지 않았다.

"새끼 판사의 문제가 아니야. 공권력에 대한 도전이라는 게 문제지. 하여간 호텔에 들어가 있어. 룸서비스든 뭐든 마음대로 시키고."

-이러다 산후 조리도 특급 호텔에서 하는 거 아냐? 호호호.

"그렇게 오래는 안 걸려."

-그래? 섭섭한걸.

"원하면 그래도 되고."

-아니야. 그랬다가는 시댁에서 부담스러워한다. 어서 해결해.

"진짜 미안해."

-미안하면 매형이나 신경 써.

"알았어."

노형진은 누나인 노현아와 통화를 하고 나서 심호흡을 했다.

일단 매형과 누나는 안전한 곳으로 보냈다.

서세영 역시, 혹시 몰라서 경호원을 붙여 줬다.

'아버지와 어머니는 일단 다음 항구에서 경호 팀과 합류하기로 했고…….'

아버지와 어머니는 두 달짜리 지중해 크루즈 여행을 하고 있었다.

미리 예약해야 하는 만큼 그들도 섣불리 배에서 사고를 내지는 못하겠지만, 상륙해서 관광하는 코스도 있어서 경호 팀을 붙이는 것이 안전했다.

"와, 돈 깨지는 거 봐라."

손채림은 영수증을 보고 부들부들 떨었다.

날마다 어지간한 사람 월급만큼 깨지는 판국이었다.

"푼돈이야. 내 가족보다 비쌀 수는 없어."

"알아. 그나저나 이제 어쩔 거야? 지키기만 하면 끝이 없어. 사채업자들을 찍어 누르려면 돈으로 싸워야 하는데."

"그건 그래."

노형진은 잠깐 침묵을 지켰다.

그리고 손채림을 바라보았다.

"넌 어쩔 거야?"

"응? 나? 내가 뭘?"

"지금부터 내가 하는 건 변호사 노형진으로서 하는 게 아니야. 그냥 노형진이야. 그것도 제대로 화가 난. 불법적 방법도 쓸 테고."

보통은 법적인 방법을 선호하는 노형진이지만 그것만으로는 소명자를 무너트릴 수 없다.

"나중에 문제가 될 수도 있어. 그래서 묻는 거야. 넌 어쩔 거야?"

"바늘 가는 데 실 가야지. 내가 너희 부모님한테 얻어먹은 반찬이 얼만데."

"고작 반찬값이라고 치기에는 너무 위험한 일인데?"

"아무리 위험해도, 세계급 재벌한테 엉겨 붙을 기회가 많겠어?"

손채림이 피식 웃자 노형진 역시 미소가 나왔다.

"고맙다."

"고마우면 빌딩이나 하나 사 줘."

"그럴까?"

"아이고, 농담을 못 해요. 진짜 사 주면 화낸다."

"하하하."

기분이 묘했다.

진짜 자신을 알아주는 사람.

자신과 함께하는 사람.

"그나저나 이제 어쩔 거야? 뭐, 대놓고 싸우자고 덤빌 거야?"

"아직은 아니야. 일단 소명자의 정신을 빼 놓고 시작해야지."

"어떻게?"

"그 소명자가 가장 아끼는 걸 무너트려야지."

"그게 뭔데?"

"'뭐'가 아니야."

노형진은 주먹을 꽉 쥐었다.

"누군가지."

"뭐라고?"

한만우는 지금 들은 말이 믿기지 않는다는 듯 되물었다.

"교도소에서 복역 중인 부하분 있지요? 내부에서 보복해주실 수 있나요?"

"지금 농담하는 건가? 다른 사람도 아닌 자네가?"

"농담이 아닙니다."

"아니, 그러면 왜?"

"저한테 보복하려고 하는 사람이 있습니다."

"보복? 그거랑 교도소랑 무슨 관계인데? 그 사람이 교도소에 있으면 힘도 못 쓸 텐데?"

감옥 안에서 보복하겠다고 덤빌 정도면 최소한 재벌급이다.

하지만 상대가 재벌이라면, 노형진이 교도소 내부에서의 보복을 이야기하지 않을 것이다.

애초에 재벌은 감옥에 있어도 일반 범죄자는 접근도 못 한다. 재벌의 교도소 생활은 그저 체험 수준일 뿐, 진짜 처벌이 아니니까.

다른 사람보다 훨씬 넓은 독립된 특실.

매일같이 찾아가는 집사 변호사.

거기에 충성을 다하는 범죄자들과, 외부의 음식을 몰래 반입해 주는 교도관까지.

아무리 한만우라고 해도 그들은 손대지 못한다.

"재벌이 아닙니다. 소명자라는 작자입니다."

한만우는 눈을 찌푸렸다.

"그 미친년?"

"압니까?"

"알지. 모를 수가 없지. 골 때리는 년이니까. 뭐, 우리와 사이가 안 좋은 것도 사실이고."

전통적으로 사채업은 한국에서 폭력 조직과 연계되어 있다.

폭력 조직의 주요 사업원이기도 하고.

일본 자금 같은 경우는 대부분 법의 테두리 안에서 움직이려고 하는 성향이 있어서 어쩔 수 없다지만, 불법을 넘나드는 중국의 자금은 그들로서는 골치 아픈 대상이다.

"그년은 중국계 애들을 써서 말이야. 우리랑 몇 번 부딪치기도 했어."

"그래요?"

조폭이라고 해서 자존심이 없는 건 아니다.

도리어 조폭들은 본능적인 부분이 강해서, 영역에 상당히 집착하는 성향이 있다.

"다행히 술집 같은 걸 하는 건 아니라서 대놓고 부딪친 건
아니지만. 하여간 미친년이지. 우리들 사이에서는 더러워서
피한다고도 하고. 그런데 그 미친년이 왜?"

"제가 그 여자의 외동아들을 강간 살인으로 감옥에 넣었거
든요."

"허?"

한만우는 탄성을 내질렀다.

그런 일이라면 아마 눈이 제대로 돌아갔을 것이다.

"설마……."

"네, 그 여자가 제게 보복을 준비 중입니다. 그래서 싸우
기 위해서는 여러 가지 준비가 필요한데, 일단 그 여자의 정
신을 좀 흔들어 놔야 합니다."

"음……."

노형진의 말에 한만우는 침음성을 삼켰다.

맞는 말이다.

싸움의 기술은 일단 상대방을 흔드는 것으로 시작된다.

흥분할수록 제대로 된 판단이 불가능해지니까.

"확실히 외동아들이 잘못되면 눈이 돌아갈 수 있지. 하지
만 그건 좀 무리인데."

"어째서요? 그 정도 힘은 없나요?"

"아무리 그래도 빵에 있는 애들한테 사람 하나 죽이라고

하는 건, 좀 그러네. 내가 동생들 그런 식으로 취급하는 걸 싫어하는 거 알잖나?"

한만우는 탐탁잖다는 듯 중얼거렸다.

감옥에서 누구를 하나 죽이면 그만큼 형량이 늘어난다.

아니, 가중처벌을 받아서 평생 못 나오게 될 수도 있다.

"그리고 짭새들도 병신은 아니야. 폭력 조직 출신이 뜬금없이 누구를 죽이면 우리를 의심하지 않겠나? 우리가 자네 덕분에 양성화도 많이 했고 경찰과 그럭저럭 지낸다고 하지만, 그렇다고 해서 그런 것까지 덮어 줄 만큼 친하지는 않아."

노형진이 씩 웃었다.

"죽여 달라는 게 아닙니다."

"그러면?"

"그 녀석이 한 대로 돌려주라는 거죠."

"돌려준다?"

"네."

"설마 후장이라도 뚫어 주라는 거야?"

그러나 노형진은 말없이 그저 웃을 뿐이었다.

한만우는 어이가 없다는 듯 노형진을 바라보았다.

"허? 이거 자네, 생각보다 무서운 친구구먼?"

"제가 뭘요?"

모른 척하는 노형진.

그걸 보고 한만우는 피식 웃었다.

"뭐, 그런 거라면 상관없지. 그런데 그거 처벌이 어떻게 되지?"

"아직은 별도의 처벌 조항이 없습니다. 단순 폭행에 들어가지요."

원래 그러한 행위는 유사 강간에 들어간다.

하지만 그와 관련된 법 조항은 만들어지지 않았다.

그래서 지금 그런 일이 벌어지면 단순 폭행으로 분류된다.

"감옥에서는 그런 사건이 흔하다면서요?"

"흔하지."

흔하다 못해 넘친다.

여자가 없으니 성욕을 풀 곳이 없어서 그렇다.

거기에다 범죄자라는 특성상 참을성이 적고 말이다.

'거기에다 소학림이 곱게 자라서 곱상하게 생기기도 했지.'

그러니 범죄자들이 노리는 게 딱히 이상하진 않다.

그러나 노형진은 혹시 모른다는 생각에 다시 한번 한만우에게 물었다.

"그런 걸로 여기까지 조사하러 오나요?"

"전혀. 흔한 일인데 그럴 리 없지. 하지만 형량이 좀 늘어나는 건 어쩔 수가 없네. 다른 게 없다면 모르겠지만 어찌 되었건 집행유예가 나올 수는 없지 않겠나?"

"그건 그렇지요."

한만우 휘하에 있는 사람이라면 아마 폭행이나 협박으로

들어갔을 가능성이 높다.

그런 사람이 감옥 내부에서 폭행을 일으키면 실형을 피할
수는 없다.

"그만한 대가를 치를 생각입니다."

"자네, 제대로 작심했군."

"우리 가족을 노린다고 하더군요."

노형진은 사실대로 말했다.

어차피 한만우의 도움을 받아야 하기 때문이다.

이야기를 들은 한만우의 얼굴이 일그러졌다.

이 바닥에서의 철칙이 가족은 건드리지 않는다는 것이다.

가족을 건드리면 아무것도 없는 조폭들로서는 지킬 방법
이 없으니까.

그래서 가족을 건드리는 자가 생기면 조직은 둘 중 하나가
쓰러질 때까지 싸운다.

"그 미친년이 간땡이가 부었군. 최소한의 룰도 지키지 않
겠다 이건가?"

"제대로 붙어 볼 생각입니다."

"그런 거라면 도와줄 수 있지. 물론 적당한 대가가 있어야
겠지만."

"얼마든지 치르지요."

"같은 교도소에 있는 놈이……."

한만우는 한참을 생각했다.

그리고 적당한 사람을 떠올렸다.

"한 놈 있군, 호서진이라고."

노형진의 도움을 받아서 대부분 합법적으로 처리했지만 그러지 못한 부분도 있었는데, 호서진 또한 그중 하나였다.

그는 전 보스와 전쟁 중일 때 한만우를 대신해서 움직인 행동대장이었는데, 당시에 전 보스가 한만우를 담그기 위해 사람을 보냈을 때 함께 기습당했다.

"그때 그놈 덕분에 목숨을 건졌지. 아니, 인생을 건졌어."

당연히 칼부림이 났다.

그리고 그 과정에서 보스가 보낸 세 놈이 병신이 되었다.

"과잉방위로 내가 학교에 갈 뻔했지."

"뒤집어쓴 거군요."

"미안하지만……. 그 녀석이 자기가 책임지고 학교에 갔다 오겠다고 하더군."

다행히 노형진이 때마침 보스를 무력화시키면서 병신이 된 세 놈도 살기 위해 입을 다물었고, 결국 호서진이 과잉방위로 들어갔다.

"나올 때가 거의 되기는 했는데 말이지."

한만우는 미안한 표정이 되었다.

"우리가 가족들을 챙긴다고 챙겼지만…… 알잖나, 우리도 그다지 풍족하지 않은 거?"

딱 먹고살 수 있는 수준에서 챙기는 것뿐이지, 아직 가족들에게 크게 해 줄 수 있는 게 없었다.

"어, 하지만 그건 가족들한테 못 할 짓 아닌가요?"

옆에서 듣고 있던 손채림이 걱정스럽게 말했다.

형량이 늘어나면 가족들이 힘들어할 것이다.

"지금 상황에서는 답이 없는 건 마찬가지니까. 가족들이야 반대하겠지. 하지만 서진이 입장에서는 지금이 기회야."

손채림의 말에 한만우는 답답하다는 듯 담배를 물었다.

"아버지는 관절염 때문에 수술을 해야 하는데 못 하고 있고, 어머니는 근근이 박스를 모은다고 하더군. 딸은 이제 초등학교에 들어가야 하는데 돈 모아 둔 것도 없지. 아내도 돈 벌려고 멀리 나가 있어. 그래서 딸은 서진이 어머니가 키우는 모양이야. 내가 못 할 짓을 했지."

"돈 준다면서요?"

"그 애가 빚이 좀 많아. 사정이 좀 있어서."

한만우는 담배를 뻑뻑 피워 댔다.

"맘 같아서는 다 까 주고 싶지. 하지만 그걸 섣불리 건드릴 수 있는 게 아니라서. 양성화한다고 지껄이고 빚은 못 갚겠다고 협박하면, 꼴이 우습잖아?"

양성화하면서 포기할 것은 포기해야 한다.

그러니 어쩔 수 없이 빚도 착실하게 갚아야 한다.

설사 안 갚는다고 폭력을 행사해도, 상대방이 고소하면 끝도 없는 악순환이니까.

"차라리 좀 고생하고 나서 다 털어 내면 훨씬 나은 선택이지. 얼마나 나올 것 같나?"

"6개월쯤 나올 겁니다. 저희 쪽에서 변론할 테니까요. 적당히 기름도 쳐야겠지만요."

"6개월이라……."

그 정도면 그렇게까지 긴 건 아니다.

"보상은?"

"집이 어딥니까?"

"인천."

"거기에 32평 아파트 하나 드리지요. 거기에다 추가로 3억 드리겠습니다. 직장은 어차피 대표님이 주실 거 아닙니까?"

"그렇지. 빚을 갚고 나면 그래도 2억은 남겠군."

공연 팀은 인천에도 있다.

그가 나오면 그의 자리를 만드는 건 어렵지 않다.

서로서로 아는 사이니 뭐라고 하지도 않을 테고.

"그런데 말이야."

"네?"

"그 뭐냐…… 그…… 구슬 박은 거…… 흉기로 취급되나?"

노형진은 약간 정신이 멍해졌다.

그리고 그 말이 무슨 뜻인지 모르는 손채림은 순진하게 노형진에게 물었다.

"구슬이 뭐야?"

"크흠…… 그런 게 있어."

노형진은 괜스레 헛기침을 해야 했다.

"구슬이라……. 그건 흉기에 안 들어갈걸요?"

일단 아닐 거라고 말은 했지만, 노형진은 그게 정말 흉기가 아닐지 심각하게 고민해야 했다.

더러운 건 나도 잘해

"후우……."

호서진은 심호흡을 했다.

책임지고 들어오기는 했지만 마음이 편한 건 아니었다.

그런데 상황이 바뀌었다.

'형님…… 감사합니다.'

사실 이런 일을 저지르는 건 내키지 않는다.

하지만 엄마 손을 잡고 면회 온 딸을 봤을 때, 그런 건 사소한 것이 되어 버렸다.

딸은 오랜만에 엄마와 아빠를 보며 마냥 행복해했다.

6개월만 참으면 가족이 모여서 살 수 있다.

아버지도 수술을 받고 나아지실 테고, 어머니는 박스를 안 모아도 되며, 아내는 딸과 함께 지낼 수 있다.

딱 6개월만 더 참으면 말이다.

"후우……."

그는 심호흡을 했다.

그리고 목욕탕으로 들어갔다.

그가 들어가자 다들 눈치를 보기 시작했다.

한구석에서 샤워하는 소학림이 보였다.

그는 소학림의 옆자리에 자리를 잡았다.

'그래, 너란 말이지.'

듣기로는 막대한 돈을 가지고 방장 노릇을 하면서 편하게 산다고 했다.

간수들도 뇌물을 받았는지, 중범죄자가 없는 잡범들 사이에 그를 넣어 줬다고 들었다.

그래서 그는 편하게 살았을 것이다.

지금까지는.

"어이쿠."

허공을 날아가는 비누.

비누가 바닥에 미끄러졌다.

호서진은 그걸 보고 소학림에게 미소를 보냈다.

"비누 좀 주워 주겠나?"

"뭐?"

"비누 좀 주워 달라고."

주변 사람들이 슬쩍 자리를 피했다.

그들은 바보가 아니다.

이게 무슨 뜻인지 모를 리 없다.

하지만 소학림은 몰랐다.

지금까지 편하게 살아왔으니까.

누구나 다 그를 모셨으니까.

"그러지."

그는 고개를 숙였다.

그리고 호서진의 눈에, 탐스러운 엉덩이가 보였다.

⚖

"소명자가 난리가 났어."

"그렇지?"

"그래. 소학림을 빼내려고 발악하는 모양이야."

"그럴 거라 생각했다. 그 여자한테는 소학림이 전부니까."

예상대로 움직이기 시작했다.

소명자 입장에서는 아들이 그런 꼴을 당하는 것을 두고 볼 수가 없었을 것이다.

소학림은 울부짖으면서 꺼내 달라고 빌고 있었다.

그리고 소명자는 눈이 뒤집어졌다.

"나한테는 신경을 쓰지 못하겠지."

노형진은 피식 웃었다.

"그걸 위해 그런 건 아니잖아?"

"그건 그렇지."

소명자를 쓰러트리기 위해 움직이는 거지, 자신에게 신경 꺼 달라고 저지른 일이 아니다.

"문제는, 꺼낼 수 있는 방법이 없다는 거지."

형이 확정되었고, 그게 끝나기 전에는 나올 수가 없다.

물론 가석방이라는 제도가 있지만, 소학림은 아직 가석방 대상자가 아니다.

"방법은 오직 하나뿐이지."

바로 병으로 감옥에서 나가는 것.

모 회장님의 사모님이 썼던 방식이다.

노형진 덕분에 그분은 다시 감옥으로 들어갔지만, 그 제도가 사라지거나 바뀐 건 아니다.

"그러니까 분명 병으로 인한 임시 석방으로 방향을 잡을 거야. 관련된 사람들은 추적 중이지?"

"추적 중이야. 아마 조만간 만남을 가질 거야."

노형진이 소학림을 건드린 것은 소명자가 가진 검찰과 법원의 라인을 드러내기 위해서다.

아들을 꺼내기 위해서라도 그들을 움직일 수밖에 없을 테니, 그때 그들을 조이면 그만이다.

"아마 그걸로 소학림을 일단 꺼낸 다음에, 시간이 지나서 가석방 대상이 되면 가석방으로 출소시키는 게 계획이겠지."

노형진은 탁자를 탁탁 두들기면서 미소 지었다.

"그건 일단 놔두자고. 시간이 좀 걸릴 테니까. 일단 두 번째는 국정원이야."

"끄응…… 그건 답이 진짜 안 보인다."

국정원에서 비호한다면 그 라인은 절대 드러나지 않는다.

애초에 소명자가 어떻게 국정원과 선이 닿았는지조차 알수 없었다.

"엄밀하게 말하면 국정원은 그런 사람을 감시해야 하는 거아냐?"

"현 국정원은 권력의 도구야. 불법적 일을 하기 위해서는 비밀 자금이 필요하지."

"끄응……."

"그러니까 모른 척하는 거야. 아마 법원과 국정원이 나서면 가석방은 어렵지 않게 나올걸."

그리고 그때가 기회였다.

"들어가자."

노형진이 천천히 안으로 들어가자 수많은 사람들이 모여 있었다.

족히 삼백 명은 되는 사람들.

'많기도 하다.'

그들은 소명자에게 당하고 있는 피해자들이었다.

후줄근한 옷에, 피곤에 찌든 얼굴.

나락으로 떨어진 인생이라는 게 뭔지 보여 주는 듯한 모습.

그럼에도 불구하고 그들의 얼굴에는 한 가닥 희망이 어려 있었다.

그리고 그 희망을 주는 존재는 다름 아닌 노형진이었다.

"반갑습니다. 노형진입니다."

"안녕하세요!"

"반가워요!"

그들은 하나같이 큰 목소리로 인사를 건넸다.

그들은 소명자, 즉 소원대출에서 돈을 빌린 사람들이었다.

컴퓨터를 해킹해서 그들의 연락처를 얻는 것은 그다지 어려운 일이 아니었다.

그리고 그들을 소명자 몰래 불러낸 것이다.

전이라면 소명자가 알아차릴지도 모르지만, 지금 그녀는 소학림을 꺼내기 위해 이리 뛰고 저리 뛰는 상황.

그러니 이 모임을 알 리 없다.

"사전에 들으셨겠지만, 저는 여러분을 지옥의 구렁텅이에서 꺼내 드리기 위해 부른 겁니다. 여러분이 법정이율 이상의 돈을 내고 있는 건 아시죠? 그걸 소송을 통해 해결할 겁니다."

기대를 품고 있던 사람들의 눈에 희미하게 공포가 떠올랐다.

"저기요."

"네, 말씀하세요."

"하지만 그건 이미 하다가……."

"아시는 게 있습니까?"

"네…… 돈 받으러 왔을 때 그쪽에서 그랬어요. 이번에 한 놈이 골로 갔다고. 다음번에는 네놈일 수 있으니 조심하라고……."

알고 보니 아예 피해자의 사진까지 찍어서 보여 주면서 협박한 모양이다.

"압니다. 그들은 그런 식으로 협박해서 여러분이 떠나지 못하게 하려고 하는 겁니다. 즉, 그들의 공격만 막으면 이길 수 있다는 거죠."

"하지만 무슨 수로요? 우리가 무슨 돈이 있다고……."

경호원을 쓴다?

돈이 없다.

경호원이 한두 푼도 아니고, 그들은 떼거리로 다니는 만큼 대항하기 위해서는 경호원 한두 명으로 안 된다.

"여러분은 돈이 없죠. 하지만 그건 여러분이 흩어져 있기 때문입니다."

"설마 뭉치면 살고 흩어지면 죽는다 같은 소리를 하려는 건 아니죠?"

단체로 소송을 하면 이길 수 있을 것이다.

하지만 그중에서 누가 죽을지는 모른다.

그런데 노형진의 말은 전혀 예상하지 못한 것이었다.

"반대입니다."

"반대?"

"흩어지면 살고 뭉치면 죽습니다."

"그게 무슨 말이지요?"

"여러분뿐만이 아닙니다. 여러분 보증을 서 준 사람들이 있지요?"

"그건……."

"그들과 함께 도망가시는 겁니다."

"도망요?"

"네."

"하지만 그랬다가는……."

"당연히 그들이 추적해 오겠지요."

"……."

"그리고 잡기 위해 조폭도 풀 테고요."

점점 더 무서운 소리를 하는 노형진.

"물론 돈을 갚지도 않고 그냥 도망가라는 게 아닙니다. 원금과 법정이율에 따른 이자를 계산하여 그 금액만큼 공탁을 하고, 채무 부존재 소송 및 부당이득 반환금 청구 소송을 건후에 도망갈 겁니다."

"그게 무슨 말입니까?"

"그들이 쓰는 방식이 그들만의 독창적인 방법이라고 생각하세요? 전혀 아닙니다."

사채업자들은 이자를 받아서 먹고산다.

이를 반대로 말하면, 채무자가 빚을 갚을수록 불리해지는 것은 사채업자라는 소리다.

"그래서 옛날부터 사채업자들, 특히 불법적 사채업자들은 원금을 최대한 받지 않기 위해 노력했지요."

자리를 비운다거나 지금 소명자처럼 선이자라고 우기는 식으로 원금을 갚지 않았다는 주장을 하면서, 돈을 더 내놓으라고 땡깡을 부렸다.

"공탁은 그런 놈들의 입을 틀어막을 수 있는 제도입니다."

공탁을 하면 재판부는 당사자가 왔을 때 그에게 지급한다.

그런데 이 공탁은 법적인 과정이라 딱 법정이율만큼만 인정해 준다.

"즉, 여러분이 법정이자와 원금을 내신다면, 그동안 빼앗긴 돈을 모두 찾아오실 수 있다는 뜻이지요."

"그러면 그들이 우리를 놔두지 않을 겁니다!"

누군가 공포에 질려서 외쳤다.

지금까지 빚을 갚으려고 한 사람이 없는 게 아니었다.

하지만 그들에게는 무서운 보복이 따라왔다.

"압니다. 그래서 제가 여러분에게 빚을 갚으시라고 하는 겁니다."

"하지만 그럴 만한 돈을 구할 곳도 없고……."

"그건 제가 빌려드리지요."

"에?"

"어차피 그들에게 빼앗긴 돈을 되찾으면 갚으실 수 있을 텐데요?"

"그건 그런데……."

다들 당혹했다.

그 많은 돈을 빌려주겠다는 사람이 나올 줄이야.

"물론 상당한 돈인 건 알고 있습니다. 하지만 결국 받을 수 있는 돈이라면, 거리낄 게 없지요."

"……."

다들 곤혹스러워하는 얼굴이 되었다.

하지만 여전히 눈에는 공포가 서려 있었다.

"그들은 사람 죽이는 짓도 서슴없이 하는 놈들입니다."

노형진은 고개를 끄덕거렸다.

그런 일이 없었다면 아마 이들은 이미 돈을 다 갚고 자유의 몸이 되었을 것이다.

막말로 아예 제3 금융권에서 빌려도 이것보다는 이율이 낮을 테니까.

"그걸 알기 때문에 흩어지라고 하라는 겁니다."

"네?"

"여러분이 흩어지면 그들도 흩어질 수밖에 없습니다."

"누구 하나 죽으라 이건가요?"

"아닙니다."

노형진은 고개를 흔들었다.

그가 그런 멍청한 작전을 짤 리 없다.

"저들이 여러분보다 숫자가 적다는 거죠."

"그게 무슨 말이지요?"

"저들이 여러분을 통제하는 방법은 하나뿐입니다. 바로 공포죠."

그들의 말을 듣지 않으면, 그들의 손아귀에서 벗어나려고 하면 죽을 거라는 공포.

그걸로 채무자들을 지배하고 돈을 빼앗았다.

"하지만 여러분이 동시에 이탈한다면, 저들은 여러분을 추적할 수밖에 없습니다."

"그런데요?"

"그러기 위해서는 저들이 모든 전력을 동원해야 합니다."

그럴 수밖에 없다.

채무자가 한두 명도 아닌데 한꺼번에 도망쳤으니, 가능한 한 빨리 잡아들이거나 보복해야 한다.

"더군다나 소송을 걸어서 채무 변제 이후에 과거에 줬던 모든 돈을 돌려 달라고 한 상황이지요."

시간이 지날수록 불리해지는 것은 그들이다.

재판이 끝나고 나면 무슨 짓을 하든, 더 이상 돈을 받아 내지 못한다.

그런 만큼 그들은 사력을 다해서 피해자들을 찾아내 찍어 누르려고 할 것이 뻔했다.

"여러분이 뭉쳐 있거나 같이 뭔가를 하려고 할 때 찍어 누르는 게 편한 겁니다."

채무자들이 무슨 대책위니 어쩌니 하면서 뭉쳐 있으면, 그 앞에서 두어 명 죽이면 그만이다.

그러면 사람들은 공포로 입을 다물게 될 것이다.

물론 신고할 수도 있겠지만, 결국 감옥에 가는 것은 거기서 일을 저지른 자 하나뿐이지 수뇌부는 아니다.

"하지만 여러분이 흩어지면 이야기가 달라지지요."

그들이 한꺼번에 흩어지면 전력을 분산해서 찾아다녀야 한다.

"이런 걸 군사적으로 장작 패기라고 하지요."

그들은 가능한 한 빨리 사건을 무마해야 하니 전력을 다해서 채무자들을 추적할 테고, 자신들은 흩어진 그들을 하나씩 하나씩 때려잡으면 된다.

그들은 아직 새론이 본격적으로 나섰다는 사실을 알지 못하니까.

"누구한테 갈 줄 알고요?"

"누구한테 갈 줄 알아서가 아니고, 누구한테 가도록 통제해야지요."

"그게 무슨……?"

"그들도 정보원이 있을 테니까요."

새론도 정보 팀이 있다.

그러니 몰래 카드 내역을 추적하는 것은 어려운 일이 아니었다.

"그들이 경찰의 CCTV를 사용할 수는 없겠지만, 카드 내역을 추적할 수는 있을 겁니다."

그러면 방법은 간단하다.

카드만 쓰면 된다.

그리고 그 대신, 다른 사람들은 카드를 안 쓰면 되는 것이다.

"그러면 카드를 쓰는 사람부터 추적하겠지요."

꿀꺽!

다들 침을 삼켰다.

그 말인즉슨, 몇몇은 미끼가 되어야 한다는 소리이기 때문이다.

"강요는 하지 않습니다. 희망자에 한해서는 적절한 보상도 해 드리지요."

"……."

"그리고 어차피 이대로는 여러분이 다 죽는 거, 아실 텐데요?"

"후우……."

누군가 한숨을 쉬었다.

"맞는 말이네요. 어차피 죽는 거, 발악이라도 해 보죠, 뭐. 제가 지원하겠습니다."

"이봐요."

누군가 말리자 그는 눈을 감으며 중얼거렸다.

"얼마 전에…… 아이들과 아내를 데리고 한강에 갔다 왔습니다."

"한강이라니……."

"아이들과 함께 죽을 생각이었습니다."

"헉!"

남자는 가슴속 깊은 곳에 숨겨 뒀던 것을 끄집어내는 느낌이었다.

지금이 아니면 말할 수 없는 뭔가를.

"한강에 도착했을 때, 아이들은 소풍 온 줄 알고 좋아하더군요. 아비가 자기들과 함께 죽을 생각인 줄도 모르고요. 전 애들이 신나게 놀게 놔뒀습니다. 그리고…… 애들이 지쳐서 차에서 잠들었을 때…… 사 온 번개탄을 피웠습니다. 그걸 차에 두면 끝이었지요. 그때 문자를 받았습니다. 살 수 있다는 희망이 생기더군요. 다급하게 애들을 차 바깥으로 빼냈지요."

그는 거기까지 말하고 한참을 침묵을 지켰다.

하지만 누구도 그 침묵을 깨지 못했다.

이곳에 있는 누구나 한 번쯤은 그런 생각을 했으니까.

그리고 자신들이 모르는 누군가는 그걸 실천했을 테니까.

"그날의 제 선택이, 언젠가는 여러분도 다다를 수밖에 없는 마지막 선택 아니겠습니까?"

파산?

그런 걸 소명자가 인정해 줄까?

돈이 없다는 변명?

그걸 듣고 불쌍하게 생각할 자들이라면, 이율을 이렇게 높이지도 않았을 것이다.

"여자들은 사창가로 끌려가고 남자들은 장기가 팔릴 테고. 그게 싫으면 자살해야지요."

다들 입술을 꽉 물었다.

틀린 말이 아니다. 진짜 그런 협박을 받고 있는 상황이고.

"확실하게 지켜 주실 거라 믿습니다. 어차피 카드만 쓰면 되는 거라면, 저만 있으면 되지요?"

"네. 가족분들은 다른 곳으로 가셔도 됩니다."

남자는 고개를 끄덕거렸다.

"제가 미끼가 되겠습니다."

"나…… 나도 할게요!"

"나도 하겠소! 어차피 이 나이에 살아 봐야 얼마나 살겠소!"

한 명이 나서자 여러 명이 손을 들었다.

노형진은 그걸 보면서 미소 지었다.

"그렇게 굳은 결심은 안 하셔도 됩니다만."

"네?"

"카드만 주시면 됩니다, 카드만. 후후후."

"뭐야, 이건?"

소명자는 자신에게 날아온 수많은 소송장을 보고 어이가 없었다.

자신에게 줬던 돈을 뱉어 내라는 소송장.

"이 쌍것들이, 이거 왜 이래?"

아들에게 신경을 쓰느라고 그들에게 신경을 쓰지 못한 사이에 이것들이 뭉쳐서 뭔가를 하는 듯했다.

"너희들 도대체 일을 어떻게 하는 거야? 이 쌍것들이 이런 일을 저지르는 동안 뭐 한 거야! 도대체 이 새끼들이 어떻게 서로 알고 뭉친 거냐고!"

"죄송합니다, 사장님. 하지만……."

부하들은 땀을 뻘뻘 흘렸다.

물론 억울했다.

도련님에게 벌어진 일을 해결하기 위해 사방팔방으로 뛰어다닌 것은 자신들이었는데 말이다.

"당장 이 새끼들 데려와! 어디 한 군데 부러져 봐야 정신을 차리지. 안되면 몇 놈 죽여서라도 정신 차리게 해!"

"사장님, 이미 집에 가 봤는데……."

"그런데?"

"모조리 도망갔습니다."

"뭐라고?"

"한 놈도 집에 없었습니다."

소명자는 눈을 찌푸렸다.

한 명도 집에 없다니?

"그게 무슨 소리야? 단체로 도망이라도 갔다는 거야?"

"아무래도 그런 것 같습니다."

"이런 빵즈 놈들!"

이런 소송이 진행돼서 재판에서 지게 되면, 자신들은 돈을 청구하기는커녕 받은 돈도 토해 내야 한다.

그러니 어떻게 해서든 소송을 취하해야 하는데 도망이라니.

'설마……?'

문득 소명자는 뒤에 있는 새론이 생각났다.

하지만 이내 머리를 흔들었다.

그럴 리 없다.

아무리 새론이라고 해도, 설마 대신 돈을 내주지는 않을 거라 생각했기 때문이다.

원금과 법정이자만 해도 얼마인데, 그걸 줄 정도로 새론이 착한 건 아니라고 그녀는 생각했다.

노형진의 진면목을 알지 못하니 당연히 그라고는 일말의 가능성도 생각하지 않았고 말이다.

"이 망할 놈들아! 제대로 일 못 해! 물주들을 잃어버리면 어쩌자는 거야!"

만일 이 사실이 소송으로 번지게 되면 단순히 돈을 주는 게 끝이 아니다.

정부에서 자신들을 인식하게 되고, 그렇게 되면 지금처럼 고이자로 영업할 수 없게 된다.

그러니 절대 이대로는 놔둘 수 없다.

"당장 그 새끼들을 잡아 오란 말이야!"

"하지만 사장님…… 어디로 갔는지…….."

"흥신소는 폼이야? 어? 돈만 주면 다 잡아 오는데!"

제아무리 도망을 간다고 해도 결국은 흔적을 남기기 마련이다. 그걸 추적한다면 결국 잡을 수 있다.

"그놈들 잡아 와! 본을 보여서, 다시는 기어오르지 못하게 하겠어!"

"하지만 사람이 부족합니다."

"모조리 다 동원해! 중국에 있는 조직 애들도 다 불러! 한 놈이라도 빨리 잡아 와!"

소명자는 이를 박박 갈았다.

⚖

"아주 난리가 났네."

노형진은 사방팔방으로 움직이는 소명자를 보면서 피식 웃었다. 예상대로 소명자는 소송이 진행되기 전에 먼저 소취하를 하기 위해 관련자들을 잡으려고 인력을 다 동원했다.

"그냥 시간을 끌어도 되는 거 아닌가?"

"그냥 사건을 해결하기 위해서라면 그렇지. 하지만 소명자가 노리는 건 채무자들이 아니라 나잖아."

"하긴, 그렇겠다."

채무자들을 구해 주는 게 끝이 아니다.

아예 소명자를 끝장 내지 않으면 노형진이 위험해진다.

"그런데 소명자는 이 모든 게 다 속임수라는 걸 알까?"

"알 리 없지. 안다면 이렇게 걸려들겠어?"

"쯧쯧, 거참, 사람 하나 잘못 건드려서."

입맛을 다시는 손채림.

노형진은 피식 웃으며 차에 시동을 걸었다.

아들을 공격하고 채무자들을 도피시키는 등, 지금까지 해 왔던 이 모든 것이 사실 다 속임수였다.

진짜 공격은 지금부터다.

"약속은 잡았지?"

"잡아 뒀지."

"그럼 가자고, 중국으로. 후후후."

⚖

우동은 소명자의 남편이었다.

그는 소명자의 집안에 데릴사위로 들어갔으나, 말이 사위지 사실상 버려지 취급을 받으며 살아왔다.

그런 그에게 생각지도 못한 손님이 찾아왔다.

"우동이라고 합니다."

그는 인사하면서 눈앞에 있는 장성을 바라보았다.

"우엔이라고 하오."

1성의 장성.

그를 보면서 우동은 침을 꿀꺽 삼켰다.

그 옆에 있는, 사람 좋은 미소를 보이는 남자.

"노형진이라고 합니다."

"……."

자신의 아들을 감옥에 넣어 버린 남자, 그가 자신을 찾아올 줄은 몰랐다.

"그런데 장군님이 제게 어쩐 일로……?"

우동은 눈치를 살피며 물었다.

중국에서 원스타 장군, 그러니까 소장이면 단순한 권력자가 아닌 어마어마한 권력자라는 소리다.

단순한 자리의 문제가 아니라, 병력을 실질적으로 동원할 수 있는 남자이기도 하다.

자본주의국가일 뿐 민주주의국가가 아닌 중국에서, 소장급의 힘은 상상 이상으로 막강할 수밖에 없다.

더군다나 우엔은 중국에 대한 생화학 테러를 막은 인민의 영웅으로 방송을 탄 사람이기도 하다.

조만간 2성 장군인 중장으로의 승진이 확실시되는 사람.

일반적으로 4성인 대장, 비상 시에는 5성인 원수까지 있는 한국과 다르게 중국은 3성인 상장이 끝이다.

즉, 2성을 단다는 것은 권력의 핵심이라는 소리다.

"이혼하시오."

"네?"

어리둥절한 표정이 되는 우동.

"이혼하라고 했소."

"그게 무슨 말씀이신지 모르겠습니다, 장군님."

"제가 차근차근 설명해 드리지요."

노형진은 우엔을 진정시키고 우동을 바라보았다.

'우동이라…… 라면이나 칼국수였으면 어쩔 뻔?'이라는 말도 안 되는 생각을 하면서 말이다.

"소명자 씨와 이혼하십시오."

"그게 무슨 말씀이십니까? 이혼을 하라니요!"

"설마 아내를 사랑한다는 그런 헛소리를 지껄일 거라면, 데리고 있는 얼나이에 대해 소명자 씨에게 다 알리겠습니다."

막 소명자를 사랑한다고 하려던 우동은 순간 움찔해서 말문이 막혔다.

'내가 모를 줄 알았나?'

노형진은 중국의 얼나이들을 통해 권력층과 선을 만들어

두고 있었다.

우엔도 그렇게 만났고, 그 정보력으로 우동에게 얼나이가
있다는 사실도 알고 있었다.

"그 얼나이가 낳은 딸도 두 명이나 있지요? 당에 신고하지
도 않고 키우고 있는 걸로 알고 있습니다만."

"헉!"

노형진의 말에 우동은 입을 쩍 벌렸다.

"당신 얼나이와 딸, 아니 얼나이라고 할 수는 없겠지요.
진짜 사랑하는 사람은 그 여자니까. 하지만 소명자 씨가 과
연 그 여자와 딸들을 살려 둘까요?"

"그, 그걸 어떻게……?"

"세상에 영원한 비밀은 없지요."

노형진은 씩 웃으며 말했다.

'이런 일은 비일비재하지.'

정략결혼을 하는 사람들은 많다.

그런 자들이 누군가에게 사랑을 느끼면 걷잡을 수 없이 빠
져드는 경우도 있다.

우동이 딱 그런 사람이었다.

처음에는 얼나이와 남편의 관계로 만났지만 사랑에 빠져
서 딸을 둘이나 낳았다.

"아시겠지만 우동 씨는 소명자의 집안에 데릴사위로 들어
갔습니다. 법적으로 그 재산에 대한 권한이 있고요. 그 말은,

우동 씨의 따님들에게도 소명자 씨의 재산 일부에 대한 권한
이 있다는 거죠. 그리고 소명자 씨는 그런 걸 무척이나 싫어
할 테고요."

"그……."

우동은 입술을 깨물었다.

하지만 당황하지는 않았다.

노형진은 그걸 보고 고개를 끄덕거렸다.

"좋습니다. 예상대로군요."

"예상대로?"

"데릴사위는 두 가지 종류가 있지요. 아무런 능력도 없이
그냥 고분고분하게 먹고살면서 누리고자 하는 타입과, 이빨
을 감춘 채로 기회를 노리는 타입."

"……."

"그리고 당신은 절대로 전자로 보이지는 않는군요."

전자라면 절대 밉보일 짓을 하지 않는다.

그런데 그는 비밀리에 두 번째 아내를 두고 딸까지 낳았다.

거기에다 아내가 한국에서 사업을 한다는 핑계로 중국에
남아 있다.

"무엇보다 소명자 씨 집안 정도 되는 곳에서 전자 같은 인
간을 데릴사위로 노리지는 않을 테고요."

"……."

사실 우동은 중국에서도 명문대를 나온, 그 안에서도 톱의

자리를 지키던 천재다.

'이미 알아봤지.'

그는 야망이 있는 사람이었다.

그런데 어느 순간 갑자기 모든 걸 내려놓고 데릴사위로 들어갔다.

다들 어리둥절할 정도였다.

'그런 사람이 갑자기 야망을 포기한다? 그럴 리 없다.'

야망은 높은데 힘이 부족할 때, 남자라면 그 힘을 채울 방법을 찾는다.

그리고 그 방법 중 하나가 바로 유력 세력에 데릴사위로 들어가는 것이다.

"그리고 지금 우리는 당신에게 기회를 주러 온 겁니다."

"기회라니요? 무슨 기회요?"

"당신 아내는 한국에서 내게 복수하려고 하지요. 아닌가요?"

노형진이 웃으며 말하자 우동은 아무 말 하지 못했다.

소명자가 가진 노형진에 대한 분노를 익히 알기 때문이다.

"당신은 내게 원수입니다."

"그리고 당신의 생명의 은인이기도 하지요."

"내 아들을 감옥에 넣었잖습니까?"

"그러면 자주 볼 수 있게 중국 감옥으로 이송시켜 드릴까?"

우동은 말문이 턱 하니 막혔다.

그게 불가능할까?

그럴 리 없다.

지금 노형진과 같이 온 우엔은 1성 장군이다.

우엔이라면 충분히 아들 소학림을 중국 감옥으로 이송시킬 수 있다.

문제는, 중국의 감옥은 한국에 비할 수가 없다는 것.

한국이 그냥 감옥이라면, 중국의 감옥은 아귀지옥이나 마찬가지다.

"이미 압니다. 사실 당신은 아들에 대한 애착이 그다지 강하지 않지요."

가문을 이어 갈 사람으로 보살핌을 받아 온 아들.

그에 반해 스스로 능력을 입증하고 성공했던 아버지.

우동은 완전히 마마보이가 되어 가는 아들을 보다 못해 제대로 된 성인이 될 수 있도록 가르치려고 했다.

당연히 그 사이가 멀어질 수밖에.

"그리고 데릴사위 집안의 가장 큰 문제는, 남자가 무시당한다는 거죠."

단순히 무시의 문제가 아니다.

사실 좋게 말해서 데릴사위지, 대놓고 말하면 좋은 씨를 뿌리는 종마로밖에 인정받지 못한다.

아니, 종마도 안 된다.

종마는 여러 암말에게 씨라도 많이 뿌리지만 그는 그럴 수도 없으니까.

"마지막으로 소명자와 관계 맺은 게 언제입니까?"

그 말에 우동은 대답하지 못했다.

'도대체 언제더라?'

기억도 안 난다.

관계는커녕 얼굴이라도 보면 다행이다.

서로 바쁘다는 핑계로 통화마저도 잘 안 하니까.

그가 전화해도 소명자가 그를 무시했다.

당연히 소명자뿐만 아니라 온 집안이 그를 무시했다.

그걸 보고 자란 아들인 소학림 역시 우동을 무시했고.

"소명자 씨는 대상을 잘못 골랐군요."

우동은 바보가 아니었다.

이야기가 여기까지 진행되자, 노형진이 그의 약점이 뭔지 정확하게 알고 왔다는 걸 깨달을 수 있었다.

아까와 다르게 의자에 기대며 느긋한 자세를 취하는 우동.

"원하는 게 뭡니까?"

"당신이라면 아실 텐데요?"

"이혼이라……."

그는 잠깐 침묵을 지켰다.

그리고 옆에 앉은 우엔을 바라보았다.

"장군님이 제 후견인이군요. 물론 적절한 보상을 요구하실 테고요."

"노형진 씨 말이 맞군요. 말이 통할 거라더니."

우엔은 만족스러운 미소를 지었다.

"이혼이라고 하면 답이 나오지요."

이혼하면 재산을 5 대 5로 나눈다.

물론 데릴사위인 만큼 그렇게 될 리는 없다.

법적으로는 인정될 테지만, 이혼하려고 하는 순간 아마 우동
은 없던 심장병이 갑자기 생기거나 사고사로 처리될 것이다.

"하지만 지금은 아니죠."

지금 그들의 모든 관심은, 노형진을 노리기 위해 한국에
쏠려 있다.

"부하들은 모두 한국에서 채무자들을 추적 중입니다. 그
러나 그들은 일망타진될 테구요."

당연히 소명자가 부릴 수 있는 전력이 한순간에 사라져 버
린 셈이다.

바로 그 순간이 기회다.

"그때 당신이 이혼소송을 하면, 소명자의 과실책임이 크
게 나오겠죠. 아마 당신도, 모아 둔 증거가 좀 있을 텐데요?"

"후후후."

게다가 소명자는 한국 공권력을 무시하고 살인을 기획했
으며, 국제적 범죄를 일으키려고 했다.

"아마 못해도 20년 형은 나올 겁니다."

그 순간 소명자의 가문은 붕 뜨게 된다.

수천억의 재산은 소명자의 재산이지 가문의 재산이 아니다.

그럼 소명자의 과실책임이 큰 만큼, 우동은 소명자의 재산 대부분을 가지고 올 수 있다.

물론 소명자가 주변에 도움을 청할 수도 있겠지만…….

"제가 우엔 장군님과 여기에 차 한잔 마시러 온 건 아니지요."

중국의 1성 장군, 권력의 핵심에 있는 사람을 후견인으로 두고 있는 이상 이미 힘이 빠진 소명자를 위해 다른 조직이 나설 이유는 없다.

도리어 아예 힘이 빠진 소명자보다, 그 힘을 흡수하고 더불어 1성 장군과 선이 닿아 있는 우동을 선택할 가능성이 높다.

더군다나 우엔은 조만간 2성으로 진급하는 것이 확실시되는 사람이니까.

아무리 중국의 폭력 조직이 막장이라고 해도 2성 장군에게 대항할 만큼 어리석지는 않다.

"부하들이 문제인데요."

"부하들이 문제죠. 하지만 부하들은 일망타진될 거라니까요. 그들은 절대 중국으로 돌아오지 못합니다."

싸그리 잡혀 들어갈 테고, 처벌은 피할 수가 없다.

"당신이 그때 구원의 동아줄이 되는 거죠."

전 재산을 털린 소명자는 그들을 위해 변호사를 선임할 능력이 없다.

그때 우동이 나서서 변호사를 선임하고 그 가족들을 챙겨주는 것이다.

그러면 그들은 자연스럽게 소명자가 아니라 우동의 사람이 된다.

"저는 당신이 원하던 기회를 드리고 있는 겁니다. 그걸 거절한다면 방법이 없지만요."

노형진은 어깨를 으쓱했다.

"하지만 과연 지금 같은 기회가 또 올까요?"

그럴 리 없다.

소명자 집안의 힘은 장난이 아니다.

그러나 노형진의 계획대로라면 최소 1년 이상은 힘의 공백이 생긴다.

'그리고 그때를 노린다…….'

만일 그때를 노리지 못한다면?

아마도 자신은 이혼당할 것이다.

안 그래도 그런 분위기가 느껴지는 판국이다.

소명자가 이혼소송을 한다면, 없는 죄를 만들어서라도 땡전 한 푼 안 주고 자신을 쫓아낼 가능성이 100%다.

"형제가 된다면 두려울 게 없지."

우엔은 그런 우동을 보면서 미소 지었다.

우동 정도 힘을 가진 재력가가 그의 편이 된다면 그라고 해서 손해 볼 것은 없다.

그런 의미에서 여기에도 같이 온 것이고 말이다.

설사 일이 틀어진다고 해도, 아무리 소명자 집안이라고 해도 그에게 뭐라고 할 순 없으니까.

"좋습니다."

우동은 마음을 굳힌 듯 고개를 끄덕거렸다.

"확실하게 부탁드립니다."

우동은 확신했다, 드디어 자신이 노리던 기회가 왔다고.

"이게 무슨 일이야?"

다른 것만으로도 정신이 없어 죽겠는데 전혀 예상하지 못했던 문제가 터져 나왔다.

이혼 소장.

중국에서 남편이 보낸 것이었다.

"이것이 미쳤나!"

데릴사위로 들어와서 개처럼 지내던 인간이다.

그가 돈을 얼마나 쓰든 신경도 쓰지 않았다.

집안사람들에게는 한 줌도 안 되는 돈이었으니까.

그런데 이혼이라니.

"본가에서는 뭐래!"

기본적으로 한국이 그들의 주 세력권이지만, 어찌 되었건 중국에도 기점이 있다.

정확하게 말하면, 그녀는 중국인이기 때문에 중국이 본가다.

그곳에서 알았다면 당연히 무슨 보복이라도 했어야 한다.

그런데 생각지도 못한 이야기가 나왔다.

"그게, 그 녀석이 도피 중이랍니다."

"도피 중이라고 못 잡는다는 게 말이나 돼?"

도피한다고 해서 못 찾을 정도로 그녀의 집안이 약하지는 않다.

하지만 그다음에 들려온 소식은 생각보다 심각했다.

"그가 본국 권력자의 비호를 받고 있다고 합니다. 거기에다 우리가 사람을 다 이쪽으로 불러서, 쓸 만한 사람이 없답니다."

"비호?"

"예. 우엔이라고, 1성 장군입니다. 그래서 다른 조직에서도 도움을 거절했습니다."

"이런."

소명자는 당황했다.

1성 장군이라니. 권력의 핵심이다.

그녀가 돈이 많긴 하지만 중국은 기본적으로 공산주의 국가라 뭐 하나 걸리면 재산은 의미가 없다.

그녀보다 돈 많은 부자들도 권력자에게 덤볐다가 형장에서 총알받이가 되는 것이 중국이다.

당연히 중국의 다른 조직도 장군과 척지고 싶어 하지 않는다.

행정형 권력가와 다르게 장군은 병력을 동원할 권한이 있는

데다, 작심하면 조직 몇 개 쓸어버리는 것은 일도 아니니까.

안 그래도 그는 화학 테러를 준비하던 폭력 조직을 박멸한 영웅.

그가 관련이 있어서 쓸어버렸다고 하면, 수십 명이 죽었다 해도 그걸로 끝이다.

"본가에서는 지금 손쓸 수가 없다고…….."

"젠장."

결국 가장 확실한 것은 그녀가 빨리 중국으로 돌아가서 이번 일을 해결하는 것이었다.

읍소를 하든 아니면 협박을 하든 말이다.

'하지만…….'

후자는 안 될 게 뻔했다.

무시하고 있기는 하지만, 그녀의 남편 우동은 머리가 좋은 사람이다.

그가 아무런 생각도 없이 갑자기 이혼 소장을 내밀지는 않았을 것이다.

"사장님, 큰일 났습니다!"

그 순간 들어오는 다른 부하.

"큰일이라니?"

"채무자들을 쫓아갔던 부하들이……."

"그 애들이 왜!"

"모조리 체포당했습니다!"

"뭐?"

청천벽력 같은 소식이 소명자의 귓가에서 울리고 있었다.

⚖️

"잘 따라오네."

한국으로 들어온 노형진은 작전의 진행 상황을 확인했다.

손채림은 그들이 움직이는 동선을 확인하면서 주기적으로 카드를 가져다가 긁어 그들을 특정 장소로 유도했다.

하지만 그들은 자신들이 무슨 일을 당하고 있는지 전혀 알지 못했다.

"여기저기 돌렸지?"

"의심은 안 할 거야. 그런데 여기가 어딘데 여기로 모이라고 한 거야?"

그들의 시선을 피해서 움직였던 사람들.

그들은 전국을 거쳐서 특정 장소로 모이도록 만들었다.

당연히 추적자들도 그곳으로 모여들었다.

아마도 지금쯤 한곳으로 모였다는 사실을 알고 추가로 사람들을 불러오고 있을 게 뻔했다.

"의심하지 않을까?"

"의심은 안 할 거야. 애초에 한꺼번에 고소 넣었고 한꺼번에 사라졌잖아. 사전에 서로 간에 무슨 소통이 있었을 거라는 건 충분히 추측하고 있겠지."

그러니 이곳에 모여서 현 상황에 대한 대책을 논의할 거라
생각할 가능성이 높다.

"이미 채무자들이 도망 다니기 시작한 지 꽤 됐어. 저들
입장에서는 다급하지. 그런데 채무자들이 한꺼번에 모이는
것 같은 낌새라면, 과연 일망타진하고 싶어지지 않을까?"

차라리 처음부터 뭉쳐 있었다면 더 의심했을지도 모른다.

하지만 채무자들은 전국으로 퍼져서 도망을 다녔다,

제주도에서부터 강원도, 전라도까지.

각지에 있다가 이곳으로 모였으니, 그들의 입장에서는 분
명히 모여서 대화를 할 거라 생각할 것이다.

당장 다음 주면 재판이 시작되니까.

"일단 정보로는 백스무 명쯤 모였다고 하더라고."

"아이고, 많이도 모였다. 그 정도면 소명자의 전력 대부분
이라고 해야 할 것 같은데?"

"그렇겠지. 그런데 말이야……."

손채림은 노형진의 작전이 이해가 가지 않았다.

저쪽은 백스무 명이다.

그런데 이쪽은 인원이 거의 없다.

고작 일곱 명.

그나마 전투를 할 수 있는 사람은 다섯 명뿐이다.

남은 두 명은 노형진, 그리고 미끼 노릇을 할 채무자 한 명

이다.

"그걸로 이길 수 있겠어? 사실 백스무 명이면 경호 팀을 다 동원해도 못 이길 숫자라고."

"알아."

"그런데 어쩌려고?"

손채림은 걱정으로 가득했다.

"차라리 경찰을 부르는 게 훨씬 좋지 않을까?"

"경찰?"

"응."

"아니, 경찰은 필요 없어. 경찰보다 훨씬 뛰어난 사람들이 우리를 도와줄 거거든."

"경찰보다? 국정원? 하지만 국정원은 이미 소명자랑 붙어먹었잖아?"

국정원이 소명자랑 붙어먹은 것은 확실시되고 있다.

대놓고 정보를 주는지는 알 수 없지만, 그들이 만든 유령 기업에 소명자가 상당한 돈을 보내 주고 있는 것은 사실이니까.

"그들보다 훨씬 힘이 있는 사람들이야."

"그런 사람들이 있다고?"

"그럼."

노형진은 바보가 아니다.

만일 소송을 한다고 해도 이미 소명자가 법원과 경찰, 검찰, 심지어 국정원까지 포섭해 둔 것을 알고 있었다.

"그런데 그들보다 더 강한 사람들이 있다고?"

"그럼."

"나는 전혀 모르겠는데?"

"한국 사람들은 대부분 잘 모르지, 후후후."

노형진은 고개를 끄덕거리면서 시선을 돌렸다.

무광의 시커먼 색으로 처리된 차량, 그리고 그 차량 옆에 서 있는 남자.

"이제 시작하자고. 그들이 어디에 모여 있는지는 알지?"

"알아. 그런데 진짜로 도와줄 사람이 있는 거지?"

"있다니까."

노형진은 손채림을 안심시키고는 차 옆에 있는 남자에게 다가갔다.

"시동을 걸어 둘 겁니다. 그들이 따라오기 시작하면 전속력으로 달려오세요. 자신 있으시죠?"

"저 원래 육상부였습니다. 전국 대회에서 금메달을 딴 적도 있고요. 그런데, 이래도 되는 겁니까?"

"저희는 어디까지나 합법적인 부분 내에서 일하고 있습니다."

"그건 그런데……."

남자는 불안한 얼굴이었다.

하긴, 노형진의 계획을 들었을 때 이 변호사가 제정신인가 하는 생각까지 했으니까.

"그런데 다른 사람들에게는 비밀로 하신 겁니까?"

"일단 새어 나가면 안 되니까요."

"하지만 경찰은……."

"이미 이 주변은 난리가 났을 겁니다."

"네?"

"무려 백스무 명이니까요."

"우리는요?"

"뭐, 보고 있을 수 있겠지만, 어쩌겠습니까? 여기는 아직 민간인 지역입니다."

"으음……."

노형진의 말에 남자는 찝찝한 표정이 되었지만 어쩔 수 없다는 듯 몸을 풀었다.

"그들이 있는 곳에 도착하면 모습을 보여 주고 바로 뛰셔야 합니다."

"알겠습니다."

"차에서 기다리지요."

노형진은 먼저 차로 다가갔다.

그리고 남자는 다른 차를 타고 그곳을 떠났다.

"자, 이제 마지막 청소를 하러 가자고."

⚖

"이 새끼들은 어디에 있는 거야?"

"이 지역 다 뒤진 거 맞아?"

"맞습니다."

"다들 이 지역에서 카드를 썼다고 했습니다."

이 지역에서 도망간 채무자들의 카드 내역이 무더기로 나왔다.

몇몇은 비슷한 사람을 봤다는 이야기도 했다.

주변 주민들도, 얼마 전부터 낯선 사람들이 많이 왔다 갔다는 이야기를 했고.

"쌍놈의 새끼들."

"망할 빵즈 놈들, 잡히면 모조리 아가리를 찢어 주겠어."

그들은 이를 박박 갈았다.

전국을 돌아다니느라고 예민하고 피곤해 죽을 맛이었다.

하지만 채무자들이 워낙 끊임없이 움직였기 때문에 그들 또한 멈출 수가 없었다.

물론 그들과 다르게 새론 측은 아직 멀쩡했다.

번갈아 돌아다니면서 카드만 쓰면 되는 거였으니까.

어쨌든 덕분에 현재 이들은 엄청나게 피곤한 상태였다.

사람은 피곤할수록 분노가 쌓여 제대로 된 판단을 하지 못하게 된다.

노형진이 노리는 점이 바로 그것이었다.

그리고 이곳에 모인 시점에, 추적자들은 말 그대로 폭발 직전이었다.

"어?"

짜증이 나서 핏발이 잔뜩 선 눈으로 주변을 둘러보던 자들 중 누군가 괴상한 소리를 냈다.

좀 떨어진 편의점에서 한 남자가 나오고 있었다.

"저 새끼는!"

"뭐야?"

"채무자예요!"

추적하던 채무자를 발견한 순간 자신도 모르게 소리를 지르는 추적자.

그 소리에 남자도 무심결에 이쪽으로 돌아봤다.

그리고 금세 얼굴이 사색이 되더니 반대쪽으로 미친 듯이 뛰기 시작했다.

"잡아!"

"저 새끼 잡아!"

다들 그걸 보고 눈깔이 뒤집어졌다.

그를 잡을 수만 있다면 당장 채무자들이 숨어 있는 장소를 알아낼 수 있을 것이 분명했다.

마을에 없다면 이 근처 어딘가 별장이나 펜션일 수밖에 없다.

그 많은 인원이 몰려왔는데 이 작은 마을에서 단 한 명도 안 보인다는 게 이상한 일이니까.

그러니 그만 잡으면 한 방에 잡을 수 있다.

"잡아!"

부아앙!

도주하던 채무자는 길가의 차에 올라타더니 무서운 속도로 질주하기 시작했다.

당연히 뒤에서 따라가던 자들도 차량에 올라타 미친 듯이 그 뒤를 쫓았다.

"빨리 따라가!"

"저 새끼가 가는 곳이 그 새끼들이 있는 곳일 거야! 절대로 놓치면 안 돼!"

지난 며칠간 제대로 잠도 자지 못한 그들은 눈이 뒤집어져서 우르르 채무자의 차를 따라갔다.

부아앙!

"이런 미친놈들아!"

신호를 무시해서 사고가 날 뻔했는데도 채무자와 그들은 멈추지 않고 내달렸다.

그리고 어느샌가 그들은 산속 깊은 곳에 들어섰다.

끼이익!

"어디 갔어, 이 새끼들!"

채무자의 차가 제법 빠른 세단인 반면 그들이 타고 있는 차들은 상대적으로 느린 봉고인 데다 여러 사람이 타고 있어 속도가 나지 않아 그만 놓쳐 버린 것이다.

"안 보입니다."

"이런 씨발."

컴컴한 밤, 거기에다 숲속에 있는 도로인지라 앞이 제대로 보이지도 않았기에, 그들은 그냥 앞으로 내달리는 수밖에 없었다.

"어쩌죠?"

"어쩌기는 뭘 어째! 갈림길이 있어, 뭐가 있어? 달려!"

"네?"

"씨발, 여기 산이야! 딱 보면 몰라! 여기서 갈라지면 펜션이든 뭐든 나오겠지!"

"아!"

길이 갈라지면 그만큼 팀을 나눠서 가다가 도중에 나오는 펜션을 뒤지면 된다.

분명 이곳 어딘가에 펜션이 있을 것이다.

그들은 그렇게 생각했다.

그만큼 풍광이 좋아 보이는 지역이었으니까.

"이 지역 어딘가에 있어! 당장 잡을 수 있다고! 거기에다 오로지 직선 도로뿐이잖아!"

그러니 도망갈 곳이 없다는 생각에 그들은 눈을 희번득거리며 최대한 가속페달을 밟았다.

그리고 얼마 지나지 않아 저 멀리 불빛이 보였다.

"저기다!"

"맞을까요?"

"딱 보면 몰라, 이 새끼야!"

딱 봐도 불빛은 결코 작지 않았다.

건물 한두 채로는 저 정도 빛은 나오지 않는다.

그 말은, 저 지역이 바로 펜션들이 모여 있는 곳이라는 뜻이다.

"그 새끼들은 한두 명이 아니잖아!"

채무자들이 다 모였다면 펜션 한두 채로는 안 된다.

즉, '펜션촌'이어야만 한다는 소리다.

"잡았다, 이 빵즈 새끼들! 산 채로 아가리를 찢…… 으아아악!"

그들은 고생 끝에 이제 다 잡았다는 생각에 눈이 뒤집혀서 미친 듯이 달렸다.

하지만 갑자기 타이어가 터지면서 타고 있던 차가 빙글빙글 돌았다.

"으억!"

"으아아악!"

선두 차량뿐만이 아니었다.

다른 차량들 역시 감속하지 못한 상태에서 똑같은 일이 벌어져, 도로에서 빙빙 돌거나 운이 나쁜 경우 전복되기도 했다.

"으으…… 이거 뭐야? 운전 똑바로 못 해, 이 새끼야?"

"타이어가 갑자기 터졌습니다."

"이런 씨발."

상황을 이해하지 못하고 성을 내는 대장.

그 순간 그의 눈에 저 멀리 불빛이 보였다.

그리고 어떤 무리가 무서운 기세로 이쪽으로 몰려오는 게 보였다.

"이 개자식들이 뭐 경호원이라도 부른 건가?"

"그런 거 아닐까요?"

"니미 씨발! 야, 모조리 조져!"

이쪽은 백스무 명이다.

돈이 모조리 털린 채무자들이 경호원을 고용해 봤자 몇 명이나 되겠느냐는 생각과 어스름한 어둠 너머로 그다지 많아 보이지 않는 숫자에 그들은 용기백배하여 차 안에서 사시미와 쇠 파이프, 기타 흉기들을 꺼내 달려들었다.

"으아!"

"멈춰! 움직이면 쏜다!"

상대방의 목소리가 울려 퍼졌지만 그들은 그 말을 무시했다.

애초에 한국어를 잘하는 사람도 드문 데다가, 그 말이 무슨 뜻인지 이해하기에는 너무 흥분한 상태였으니까.

하지만 그다음 순간, 그들의 흥분은 차갑게 식었다.

탕!

허공에 울리는 총소리.

아무리 그들이 눈이 뒤집힌 상태라고 해도 총소리도 못 알아들을 정도는 아니었다.

"어?"

"마지막 경고다! 움직이면 쏜다!"

경고사격이 끝난 듯 상대방이 다시 외쳤다.

"뭐야?"

대장은 순간 이해가 가지 않았다.

'대한민국의 경호원이 총을 가지고 있던가?'라는 생각이 들었다.

하지만 경호원이 총을 가지고 있다는 건 말이 안 된다.

가스총도 아니고, 진짜 총을 발사하다니!

"손 들어!"

"대장."

"씨발, 개소리하지 마!"

대장이 상황을 이해 못 해 머뭇거리는 사이에, 흥분을 주체하지 못한 부하 하나가 서슬 퍼런 사시미를 치켜들고 달려들었다.

"죽어, 이 빵즈 새끼들아!"

용기 있게 외쳤지만, 애석하게도 그게 그의 끝이었다.

"사격!"

타타타타타탕!

갑자기 날아온 총알은 그 부하를 말 그대로 걸레짝을 만들었다.

그걸 보면서 그들은 소름이 돋았다.

권총이 아니다.

'소총'이다.

비록 스무 명 정도밖에 되지 않아 보였지만 저들이 소총으로 무장한 것에 비해, 이쪽은 백스무 명이지만 모두 칼 같은 근접 무기를 들고 있었다.

이건 싸워 볼 수조차 없는 차이다.

"손 들어, 이 새끼들아! 무기 버려!"

상대방은 악을 쓰듯이 외쳤다.

그리고 저 멀리 다급하게 내려오는 한 대의 차량.

그걸 보고 대장은 정신이 아득해졌다.

"저건······."

소위 '육공'이라고 불리는 군사용 트럭.

자신이 한국군을 나온 건 아니지만 그게 뭔지는 알고 있었다.

그 트럭들이 전속력으로 달려오고 있었다.

그리고 어둠 속에서 희끄무레하게 보이던 상대방의 모습이 그 트럭의 라이트에 드디어 드러났는데, 다름 아닌 무장을 하고 있는 정규 병력이었다.

숲이라는 특성, 그리고 어두운 밤이라는 특성상 안 보였던 상대의 모습이 완전하게 드러나는 순간, 그들은 싸울 의지를 잃어버렸다.

"무기 버려, 이 새끼들아! 마지막 경고다!"

지휘관으로 보이는 남자가 허공으로 공포탄을 쐈다.

그걸 들은 부하들은 자신도 모르게 하나둘씩 무기를 바닥에 내려놨다.

때마침 도착한 트럭에서는 완전무장을 한 병사들이 우르
르 내렸다.

"제압해!"

"우와아!"

체포가 아닌 '제압'이었다.

당연히 군인들은 그들을 가차 없이 발로 차고 개머리판으
로 후려쳤다.

'도대체 왜……?'

개가 처맞듯이 두들겨 맞고 포승줄에 묶이는 내내, 대장은
이 상황이 도무지 이해가 가지 않았다.

⚖

"끝났나 보네."

총소리가 잠잠해지는 듯하자 노형진은 피식 웃었다.

"헐퀴."

손채림은 어이가 없었다.

설마 정말 노형진의 계획대로 될 줄은 몰랐던 것이다.

"진짜 대통령 별장을 습격한 거야?"

"그랬겠지."

노형진은 피식 웃었다.

"너 진짜…… 가끔은 미친 듯?"

"우후후."

노형진의 계획은 간단했다.

그들을 대통령 별장으로 밀어 넣는 것이다.

'이곳에 대통령 별장이 있다는 걸 아는 사람은 드물지.'

노형진이 그걸 아는 건, 먼 미래에 이곳이 민간인에게 개방되었기 때문이다.

하지만 현재는 개방되지 않은 상황이었다.

오늘 대통령이 있는지 없는지는 알 수 없지만, 어찌 되었건 대통령 별장이라는 곳은 군사 보호 시설이다.

"그래서 이곳으로 모이라고 한 거야? 무광 차량을 준비하라고 한 것도……?"

"그래."

무광의 검은색 차량은 어둠 속에서 거의 눈에 보이지 않는다.

그들은 미친 듯이 채무자를 따라 내달렸을 테지만, 성능이 좋은 무광의 차량은 좀 더 앞서간 뒤 샛길로 슬쩍 빠져서 라이트를 끄고 모습을 감췄다.

그리고 기다리고 있던 사람들이 커다란 나뭇가지로 그 샛길을 슬쩍 가리면, 추적자들은 그 사실을 모른 채 그냥 내달릴 수밖에 없는 것이다.

"결국 그들이 도착한 곳은 대통령 별장이지."

일단의 세력이 무장을 하고 대통령 별장을 습격한다?

난리가 안 날 수가 없다.

당연히 5분 대기조가 출동하고 경호 팀은 난리가 났을 것이며, 비상 상황인 만큼 공포탄이 아니라 실탄까지 사용되었을 것이다.

"대통령이 없는데?"

"중요한 건 그게 아니지. 중요한 건 여기가 군사시설이라는 거야. 그것도 아주 중요한 보호 시설."

"그런데 걸릴 줄 어떻게 안 거야?"

"당연한 거 아냐? 넌 여기에 대통령 별장이 있다는 거 알고 있었어?"

"어…… 그러네."

이곳에 대통령 별장이 있다는 걸 아는 사람은 한국인들 중에도 거의 없다.

그런데 중국인들이 대통령 별장의 존재를 알았을까?

"그들은 달리다 보면 펜션촌이나 나올 거라고 생각했겠지."

틀린 말은 아니다.

대통령 별장이 있는 곳인 만큼 주변의 풍광이 좋을 수밖에 없는데, 한국의 특성상 그런 곳에는 펜션촌이 있는 게 당연하니까.

"그런데 이렇게 반응이 빠른가?"

"뭐, 그럴 수도 있지만, 대통령 시설이 코앞에 있는데 과연 이쪽 동네 치안이 어떨까?"

"아하! 끝장났네."

무려 백스무 명의, 누가 봐도 위험해 보이는 놈들이 나타났으니 경호실은 발칵 뒤집어진 채 경계 근무 상태였을 것이다.

그리고 그들이 출발했을 때 이미 연락을 갔을 테고.

그들의 타이어가 터진 것도, 경호실에서 미리 설치한 차단 장치 때문이었다.

"이걸로 소명자는 끝이야."

아무리 돈이 많으면 뭐 하나, 대통령 별장을 습격했는데.

어떠한 변명을 하든, 그들은 돌이킬 수 없는 수렁에 들어온 후였다.

"아직은 안 끝났지만."

노형진은 씩 웃으면서 손채림을 바라보았다.

그의 계획을 이미 알고 있었던 손채림은 미소를 지으며 전화기를 들었다.

"김 기자님? 특종거리가 있는데……."

⚖

　-어젯밤 일단의 괴한들이 대통령이 머물던 대통령 별장을 습격하는 사태가 있었습니다. 백스무 명이나 되는 괴한들은 중국계 범죄 조직으로, 무장한 상태로 대통령의 별장을 습격했습니다. 대통령은 현장에서 다급하게 대피하였으며…….

―A뉴스의 단독 보도에 따르면 해당 무장 집단의 수괴에게서 국정원으로 상당한 금액이 흘러들어 가, 국정원이 이번 습격을 알면서도 방치한 것이 아니냐는 의혹이…….

―중국으로 도피하려던 수괴는 현장에서 체포되었으며, 중국 정부는 이번 사태에 대해 자신들은 전혀 모르는 일이라며…….

뉴스를 느긋하게 보던 노형진은 몸을 돌렸다.

그리고 판사를 향해 미소 지었다.

"재미있는 뉴스지요?"

"으음…….."

판사는 진땀을 흘렸다.

노형진이 놀러 온 게 아니라는 것쯤은 그도 알고 있기 때문이다.

"이야, 일개 범죄 집단의 수괴가 국정원까지 농락하면서 대통령 암살을 시도한다. 이게 말이나 됩니까?"

"그야…….."

"그런 수괴가 과연 국정원에만 손을 뻗었을까요?"

"…….."

판사는 등줄기가 서늘했다.

이미 그 '수괴'가 누군지 알고 있고, 그들이 무슨 짓을 했는지도 알고 있었다.

'망할.'

자신은 뇌물을 받고 편의를 봐준 것이 끝이지만 그들이 대통령 암살을 시도한 이상, 아니 그렇게 보이는 일이 터진 이상 빼도 박도 못 하고 그들과 한패로 인식될 것이다.

"원하는 게 뭔가?"

"별거 아닙니다."

노형진은 어깨를 으쓱했다.

"사회정의를 위해 은퇴 후에 저희와 함께 일해 주시면 감사하겠다 뭐 이런 거죠."

노형진은 씩 웃었다.

새론의 가장 큰 문제점은 다름 아닌 전관 출신이 없다는 것이다.

전관이 없다는 것.

그건 재판에 영향력을 미치는 게 쉽지 않다는 것이다.

"협박인가?"

"협박이라니요. 저희는 그냥 스카우트 제안을 드리는 겁니다. 다른 로펌들이 다 그러듯이 말입니다."

노형진은 웃고 있지만, 판사는 웃을 수가 없었다.

노형진이 뭘 알고 있는지는 모른다.

하지만 애초에 노형진과 소명자가 대립하는 건 알고 있었고, 몰래몰래 노형진에 관련된 증거를 빼서 소명자에게 줬다.

"물론 판사님이 그런 스카우트 대상이 되지 못할 정도로 도덕적으로 아주 크으은 결함을 가지고 있다면 이건 무효입니다만."

노형진은 싱글싱글 웃으며 말했다.

'크흑…….'

판사는 죽을 맛이었다.

사실 그는 이번 임기가 끝나면 계약금 13억을 받고 대형 로펌에 가서 일하기로 약속되어 있었다.

물론 새론도 규모가 작은 곳은 아니지만, 그런 큰돈을 주면서 데리고 가지는 않는다.

"이런, 전 이만 일어나야겠네요."

"벌써?"

"국정원에서 저한테 부탁할 게 있다고, 잠깐 만나 달라네요."

"……."

국정원은 난리가 났다.

말 그대로 이 잡듯이 비리 관련자들을 털어 내고 있는 상황이다.

그러니 그쪽도 똥줄이 탈 수밖에.

"가능하면 이번 달 안으로 이야기해 주셨으면 합니다."

그러지 않는다면 판사 자리를 유지하기는커녕, 아마 변호사 자격도 지키지 못할 것이다.

"끄으응…….

판사의 신음을 들으며 노형진은 바깥으로 나왔다.

"뭐래?"

"뻔하지, 뭐. '끄으으응' 하고 속 태우는 거지."

"받아들일까?"

"어쩌겠어?"

노형진의 제안을 거절하는 순간, 그는 국가 반역 집단과 한통속으로 엮인다.

단순히 아는 사이가 아니라 돈을 주고받았으니, 변명의 여지도 없이 국가 반역 단체 구성으로 잡혀 들어갈 수밖에 없다.

"뭐, 컴퓨터에 저장된 자료는 이미 소명자가 싹 지웠지만."

하지만 그 전에 이미 자신들이 그의 컴퓨터를 해킹해서 자료를 빼 둔 상황이다.

그러니 오지 않는다고 하면 그걸 터트리면 그만이다.

"소명자는 이제 끝난 건가?"

"그렇지."

이 정도 일을 저질렀으니 중국 재판부는 이혼의 책임을 소명자에게 물을 테고, 결국 대부분의 재산은 남편인 우동이 가지고 갈 것이다.

부하들 역시 살아남기 위해서라도 소명자에게 책임을 떠넘기고 우동에게 붙을 것이고.

다른 조직들 역시 소명자를 도와줄 수 없다.

그렇잖아도 다른 조직에서 사린 가스의 재료가 나오는 바람에 중국 정부가 눈이 벌게진 상황이다.

그런데 한국 대통령에 대한 습격 사건이 터졌다.

노형진은 설마 대통령이 별장에 있을 거라고 생각지 못한 채 대통령 별장이 있는 위치를 이용해 함정을 판 것이지만, 그 순간 대통령은 정말 별장에 있었고, 사건이 터지면서 제대로 빡쳐 버렸다.

　　그러니 도와줄 이유가 없는 것이다.

　　"끝장난 거야. 아마 소명자는 오해가 풀려도 꼼짝도 못 할걸."

　　돈도 다 털렸을 테지만, 일단 의심이 든 이상 대한민국이든 중국이든 그녀를 철저하게 감시할 것이다.

　　그녀가 할 수 있는 건 기껏해야 작은 구멍가게 하나 차리고 하루하루 먹고사는 정도일 것이다.

　　"물론 출감한 후의 이야기지."

　　노형진은 피식 웃었다.

　　"우리는 문제 안 될까?"

　　"안 돼."

　　숨었던 위치는 딱 민간인 구역이다.

　　민간인 구역에서 숨었다고 해도 자신들을 처벌할 수는 없다.

　　이유를 알고 나면 속이야 좀 쓰리겠지만 말이다.

　　"하여간 그 여자도 사람 참 잘못 건드렸다."

　　그냥 조용히 아들이 나오기를 기다렸다면 문제가 생기지 않았을 것이다.

　　하지만 복수를 꿈꿨고, 그 때문에 결국 본인이 아들보다 훨씬 오래 감옥에 있게 생겼다.

"결국 자업자득이야."

노형진은 자신의 가족을 건드린 자들을 결코 놔둘 생각이
없었다.

인생의 족쇄

사건이 끝나고 나면 고요가 찾아온다.

노형진은 눈을 감은 채로 지금의 여유를 즐겼다.

자신에게 복수하고자 했던 소명자는 망했다.

다른 것도 아닌 대통령 암살 계획을 짰다는 의심을 받기 때문에 그녀는 다섯 살 생일잔치 때 온 친구들의 이름까지 토해 낼 정도로 철저하게 조사를 받았고, 그녀가 저지른 모든 불법이 천하에 드러났다.

피해자들은 그녀의 조직에 빼앗긴 돈을 모조리 찾아왔고, 중국에서는 자국민이 한국 대통령을 암살하려고 했다는 의심을 피하기 위해 온갖 노력을 다하고 있었다.

'정치적 문제야 내 알 바 아니지만.'

그녀는 반성보다는 복수를 선택했고, 자신은 그에 대응한 것뿐이다.

복수하려면 무덤을 두 개 파라는 말이 있다.

자신의 무덤을 판 것은 그녀 자신이지 노형진이 아니니까.

"형진아."

"응?"

"일 안 해?"

"잠깐. 이 여유를 좀 즐기자."

노형진은 눈을 뜨면서 말했다.

사건은 많고 시간은 없다.

"더군다나 당장은 사건이 없잖아."

물론 사건 자체가 없는 건 아니다.

하지만 대부분의 사건은 모든 준비가 끝났고, 이제 최후의 변론만 하면 그만이다.

"그래서 말인데……."

손채림은 왠지 말을 하지 못하고 우물쭈물했다.

"왜, 무슨 할 말 있어?"

"후우, 사실은 너 말고는 부탁할 사람이 없어서……."

"뭔데? 돈? 아니, 돈은 너도 많잖아?"

물론 노형진 덕분에 번 돈이지만, 최소한 돈이 없어서 쩔쩔매는 일은 없을 것이다.

"사건 하나만 맡아 줄 수 있어?"

"사건?"

"어, 좀 곤란한 사건이라서."

"무슨 사건인데?"

"이혼소송."

"그건 다른 변호사들도 많이 하잖아."

이혼소송은 그다지 어려운 소송이 아니다.

그 과정이 좀 더러울 뿐이지, 난이도 자체가 높은 경우는 드물었다.

일방의 잘못을 찾아내야 하니까.

"그게……."

손채림은 한참 입술을 깨물었다.

사실 이런 부탁을 하고 싶지 않았다.

하지만 그동안 아무리 노력해도 자신이 할 수 있는 게 없었다.

"이혼을 하고 싶어 하는데 아무도 의뢰를 안 받아."

"어째서? 이혼소송은 제법 짭짤할 텐데."

이혼소송은 받은 돈에 따라 승소 비용을 받는 경우가 많다.

당연히 상대방이 가난한 사람이 아니라면 어렵지 않게 큰 돈을 만질 수 있는 사건이다.

한국에 이혼 전문 변호사가 넘치는 이유가 그거다.

일은 상대적으로 쉬운데 돈은 많이 버니까.

"상대방이 워낙 권력자라……."

"흠, 어지간한 권력 아니고서는 이혼하려고 하는 사람의 의뢰 자체를 거부하지는 않을 텐데. 누군데?"

노형진은 고개를 갸웃했다.

재벌도 이혼하는 세상에, 권력으로 수임을 막을 수 있는 사람이라니?

"그게……."

손채림은 우물쭈물하다가 한숨을 푹 쉬었다.

몇 번이나 말을 꺼내려다가 포기했다.

하지만 이제 믿을 만한 사람은 노형진뿐이었다.

"우리 엄마."

"응?"

"우리 엄마가 이혼하고 싶어 하셔."

"네 어머니?"

"응."

"잠깐만…… 네 어머니라고 하면 소송 대상은……."

"당연히 우리 아빠지."

"허."

"그러니까 누구도 사건을 담당하려 하지 않지."

손하균.

법무 법인 태양의 대표.

그리고 한국에서 가장 유명한 변호사.

그런 사람과의 이혼소송이라니.

"난이도를 떠나서, 뒤가 문제네."

"그러니까."

다른 곳은 몰라도 법조계에서 손하균의 파워는 절대적이다.

손하균이 진짜로 작심하고 덤비면 어지간한 사람은 저항도 못 하고 쓰러진다.

"사실은 이혼소송을 하려고 여러 군데 알아봤는데, 다 손사래를 치더라."

"그렇겠지."

노형진은 이해가 간다는 듯 고개를 끄덕거렸다.

다른 사람도 아닌 손하균과의 이혼소송이다.

"뒤끝이 장난이 아닐 테니."

물론 손하균과 척지고도 버틸 만한 곳이 없진 않다.

하지만 그런 곳이라고 할지라도, 쓸데없이 적으로 만들고 싶지는 않을 것이다, 다른 사람도 아닌 손하균을.

"일단 앉아 봐."

의외였다.

의뢰 당사자가 손채림이 될 줄은 몰랐으니까.

"정확하게 무슨 이야기야? 왜 미리 말 안 했어?"

"집안일이잖아. 솔직히 이혼이라는 게 자랑스러운 일도 아니고."

그래서 그동안 많이 고민했던 손채림이었다.

하지만 도와줄 사람이 없었다.

물론 변호사 없이 이혼소송을 할 수도 있다.

하지만 손하균이 가만히 당하고만 있을까?

그럴 리 없다.

"아마 우리 엄마가 영혼까지 털려서 나오겠지. 엄마는 나올 수만 있다면 다 버리겠다고 하지만……."

입술을 깨무는 손채림을 보면서, 노형진은 뭔가 있다는 사실을 알아차렸다.

"전에는 그런 일 없었잖아?"

회귀 전에는 손하균은 이혼하지 않았다.

손채림의 엄마가 몇 년 후 암으로 죽었으니까.

"내가 집을 나온 이후에 많이 생각하셨나 봐."

'결국 내가 영향을 준 것인가?'

손채림의 인생이 바뀌면서, 그녀와 연관된 부모의 인생도 바뀐 것이다.

'당연하다면 당연한 건가.'

손하균이 이쪽에서 워낙 유명한 사람이었던지라, 손채림의 엄마가 죽은 후에 말이 많았다.

하지만 이야기를 들어 보면 스트레스로 인해 암이 발병했다는 이야기가 제일 많았다.

'그러고 보니, 그럼 그 여자는 어떻게 되는 거지?'

노형진은 문득 생각나는 사람이 있었다.

그녀가 죽은 후 손하균과 새로 결혼한 여자.

'손채림보다 세 살 어린 모델인가 그랬는데.'

노형진이 아무런 말도 하지 않자 손채림은 왠지 불안해졌다.

"역시…… 무리겠지?"

"응? 뭐라고 했어?"

"아니, 사건 말이야. 무리겠지?"

"무리는 아니야. 다만 너희 새엄마 생각하느라고."

"엉?"

"아…… 아냐, 아냐! 다른 사건이다. 미안."

이제는 전혀 접점이 없는 사람이 될 것 같은 느낌.

'흠…….'

그러던 중 노형진은 문득 어떤 생각을 떠올렸다.

'내 과거라고 해야 하나, 미래라고 해야 하나?'

생각해 보니 자신은 접점이 없었다.

회귀 이후에, 그 전에 알던 사람들과의 만남이나 접점이 거의 없었다.

혹시나 회귀 이후에 영향을 주면 어쩌나 하는 걱정 때문에 거리를 두기도 했지만…….

'그게 맞는 걸까?'

당장 전 와이프도 그렇게 악연이었지만, 회귀한 후 그녀는 멀쩡하게 잘 살고 있었다.

집안 문제가 해결된 뒤로 좋은 사람과 만나서 연애 잘하고 있다고 하니.

'이거 뭐…… 알아야 하지.'

이런 부분을 도와줄 사람이 없기 때문에 노형진은 잠깐 고민했다.

"왜 그래?"

"아니야. 요즘 생각이 많아서 그래. 그래서 이혼하고 싶어하신다고?"

"그래."

"의외네."

"의외지, 엄마 성격에."

손채림의 엄마는 손채림과 정반대 성격이라고 보면 된다.

순종적이고 조용하고 인내하는, 전형적인 과거의 한국인 어머니의 상.

"이혼 결심을 하신 걸 너희 아버지가 알고 있어?"

"알고 있겠지, 변호사를 알아보고 다녔으니. 다른 변호사들이 연락을 안 할 리가 없잖아?"

"반응은 없고?"

"응."

"그러면 둘 중 하나네."

이혼을 하든 말든 관심이 없든가, 이혼소송을 해 와도 찍어 누를 자신이 있든가.

"아마 둘 다일 것 같은데?"

손채림은 한숨을 푹 쉬며 말했다.

"애초에 그 인간은 우리한테 관심도 없었고."

"하긴…… 이혼소송이라고 해도 전관이 덕지덕지 붙을 테니까."

"물론 그냥 다 놓고 나와도 되기는 해. 내가 엄마 하나 먹여 살리지 못할 정도는 아니니까. 하지만 억울하잖아, 평생을 희생했는데 이런 식으로 버려진다는 게."

손채림은 그게 억울했다.

자신과 어머니는 평생을 아버지의 장신구 같은 존재였다, 사랑보다는 주변에 보이기 위한.

그리고 그 삶을 거부했다는 이유로 버려졌다.

"내가 장신구가 아니라 살아 있는 존재라는 걸 보여 주고 싶어."

"어머니도 마찬가지실 테고."

"그래. 어머니도 고민을 많이 하셨어."

자신을 잃어버리고 살아온 세월.

그 세월을 되찾을 수는 없지만, 최소한 인정은 받고 싶었으리라.

'순종적이고 가정적인 여자라…….'

노형진은 어쩌면, 자신이 아는 손채림의 어머니에 대한 기억이 잘못된 게 아닐까 하는 생각이 들었다.

정말 그런 여자였다면 손채림을 이렇게 당차게 키우지는 못했을 것이다.

어쩌면 그럴 수밖에 없었을지도 모른다.

하지만 이제 손채림이 집을 나왔다.

연을 끊었고, 돌아갈 리도 없다.

이후 손채림은 스스로의 힘으로 일어났으니 그 집안의 재산도 필요 없고, 따라서 어머니 입장에서는 혹시나 하는 마음에 참고 있을 이유가 없어졌다.

'그건 알겠는데 말이지.'

노형진 입장에서는 이번 사건은 영 찜찜한 게 많았다.

상대방은 손하균이다.

그런 그가 자신이 있어서, 아내가 이혼하려고 하는 걸 알고도 놔둔다?

'그럴 리 없지.'

그런 인간이라면 그 자리까지 올라가지도 못했을 것이다.

그는 단순히 점심 메뉴를 정할 때도 목적을 가지고 움직이는 타입이니까.

그렇다면 이번 사건도 목적이 있다는 것이다.

그리고 그 목적은…….

"그거 기존 사건과 다른 거 알지?"

"알아."

기존 사건은 의뢰인으로서 손하균과 대립한 것이다.

손하균이 진다고 해도, 약간 자존심을 구기는 것 말고는 아무런 영향도 없었다.

"만일 이 소송을 하면 피바람이 불 거야."

"그래서 다들 거부하는 거야."

단순히 이혼만 하는 거라면 문제가 안 된다.

하지만 이혼은 재산 분할을 해야 한다.

"단순히 생각해도 재산 분할을 하게 되면 법무 법인 태양의 지분 중 네 아버지가 가진 지분의 50%를 네 어머니가 가지고 가게 되는 거야. 네 아버지의 자리가 흔들리게 되는 거지."

"……."

"내가 아는 네 아버지라면, 그걸 놔둘 리 없고. 그리고……."

노형진은 잠깐 침묵을 지켰다.

손채림의 아버지는 아내의 행동을 지금까지 모른 척하고 있다.

모를 수가 없는데 말이다.

'그 인간은 세 수 이상을 앞서 본다고 하지.'

노형진은 심호흡을 했다.

"내가 나설 거라는 걸 알고 있을 거야."

"뭐?"

"누구도 너를 도와주지 않으리라는 걸 알고 있어. 그러면 남은 건 나뿐이잖아. 안 그래?"

"그건 그런데……."

"아마 그걸 노리고 있을지도 모르지."

"그게 무슨 소리야?"

"네 아버지가 나를 밟을 기회를 노리고 있다는 거야."

"설마……."

"네 어머니를 핑계 삼아서 나를 밟겠다는 거지."

손채림의 얼굴이 사색이 되었다.

"그럴 리가. 내가 얼마나 고민을 했는데!"

"고민을 아무리 많이 했다고 해도 결국 답은 나뿐이잖아?"

"그……."

"아마…… 모든 준비가 되어 있을 거야. 네 어머니를 사회적으로 매장해 버릴 수 있는 방법이 말이야."

노형진이 손채림의 부탁을 받고 의뢰를 받아들이는 순간, 두 사람은 정면충돌을 하는 셈이다.

그러면 그는 그걸 기회로 노형진을 밟아 버리고 승리를 확고히 하려는 것이다.

"우리 어머니가 이혼당할 만큼 문제를 일으킨 게 뭐가 있다고!"

"모르지. 하지만 너도 알잖아? 증거를 조작하는 놈들이 한두 명도 아니고. 네 아버지가, 절대로 증거를 조작하지 않는 타입이야?"

"……."

"아니면 네 아버지가, 회사 지분의 절반이 걸려 있는데도 방치할 사람이야?"

집에 가서 싸우는 것도, 언성을 높이는 것도, 설득하는 것도 아니다.

그냥 평소처럼 먹고 자고 나온다.

아무런 말도 없이.

"이런 개새끼……."

손채림은 분노로 부들부들 떨었다.

최후의 순간까지 자신과 어머니는 그저 도구일 뿐이라는 사실이 너무나 억울했다.

"재산 분할은 양측의 과실 비율에 따라. 네 어머니가 아무것도 안 하셨다고 하지만, 오히려 그게 문제야. 안 한 건 증명할 방법이 없어. 그에 반해 증거를 조작해서 '한 것'을 증명할 방법은 많고."

"하지만 잘못은 손하균 그 개새끼가 한 거라고!"

"증거가 없잖아. 그 사람은 사실상 생활이 거의 드러나는 삶을 살고 있어. 바람피웠거나 사생아가 있거나 돈을 빼돌렸거나 하는, 큰 책임을 지울 만한 게 뭐가 있지?"

"그건……."

없다.

외부적으로 손하균은 바른생활 사나이 그 자체다.

"그 인간은 매일같이 다른 사람들과 함께 움직이니 그들이 증언을 해 주겠지. 재판에 들어가는 순간 전관이 달라붙을 테고, 법원은 그의 말을 진지하게 들어 줄 거야. 그에 반해 네 어머니는?"

"엄마는……."

"그냥 가정주부지, 집에 있는."

집에서 밥하고 빨래하는 가정주부일 뿐이다.

"집 안에서 어떻게 지내는지 증명해 줄 사람이 없어. 사람을 만났는지 바람을 피웠는지 도박을 했는지 채팅으로 불륜을 이야기했는지."

"그, 그런……."

"그리고 그런 걸 조작하는 건 일도 아니고. 너도 알고 있겠지만, 한국에서는 과실이 있는 사람이 이혼소송을 청구할 수 없어."

만일 손채림의 엄마의 과실을 증명할 수만 있다면, 이혼소송은 기각될 것이다.

"그때는 땡전 한 푼 못 들고 나오는 게 문제가 아니야. 그 후에 역으로 이혼소송을 당하고 손해배상을 청구당할 가능성이 높다는 게 문제지. 그 금액은 어마어마할 테고, 네 어머니 인생은 무너질 거야. 물론 네가 네 어머니가 그리되도록 놔두지는 않겠지만."

당당하게 자신의 삶을 살아가는 게 아니라 딸에게 기대어 살아가는 처지가 될 것이다.

분명 그녀의 자존감은 바닥으로 떨어지리라.

"자존감은 삶을 지탱하는 힘이야. 즉, 자존감이 떨어져서 삶의 의미가 없어지는 게 문제가 되지."

수많은 자살자들이 다 돈이 없어서 자살하는 게 아니다.

그들의 자존감이 바닥이라 그런 것이다.

"네 어머니는 자존감이 높은 타입은 아닐 텐데."

"……."

"아마 이혼소송도 네가 설득한 거 맞지?"

"맞아."

노형진은 씁쓸한 미소를 지었다.

손하균의 작전대로 된다면, 손채림의 어머니는 결국 자살을 할 수도 있다.

"그렇게까지 한다니……."

손채림은 그 말을 믿고 싶지 않았다.

하지만 자신이 아는 아버지라면 충분히 그럴 수도 있다는 것이 문제였다.

언제 그가 자신과 엄마를 신경 쓴 적이나 있던가?

"도대체 넌 그걸 어떻게 안 거야?"

"그냥…… 아는 거야, 경험상."

그가 어떤 인간인지, 어떤 삶을 살아가는지, 회귀 전 법조계에서 충분히 봐 왔으니까.

'나와 비슷하지만 다른 인간.'

승리를 추구하는 것은 같다.

다만 노형진은 남을 위해 승리를 추구하지만, 손하균은 자신을 위해 승리를 추구한다.

그 차이는 미묘하지만 또한 거대하기도 하다.

"일단은 다른 변호사도 계속 알아봐."

"네가 안 해 주려고?"

"아니야. 내가 하기는 할 건데, 저쪽에 내가 나섰다는 증거를 흘릴 필요는 없지. 네가 다른 변호사를 알아보고 있는 동안은 나를 의심하지는 않을 거야. 그사이에 그들이 어떤 준비를 했는지부터 알아봐야 해."

그리고 그 모든 준비가 끝날 때까지, 노형진은 소송을 시작할 생각이 없었다.

"무엇보다, 그 전에 알아봐야 할 게 있어."

"안녕하세요. 노형진입니다."

"이야기는 들었어요. 이혜선이라고 해요."

"말씀 낮추세요."

"정식으로 사건을 맡긴 상황이니까 그럴 수는 없죠. 사건이 끝나면 그때 낮출게요."

이혜선은 침착하게 말을 이어 갔다.

확실히 들은 것처럼 마냥 약한 사람은 아니었다.

'하지만 많이 지친 것 같네.'

딱 봐도 상당히 지친 듯한 그녀의 모습에 노형진은 혀를 끌끌 찼다.

아마도 지금 그녀가 버티고 있는 가장 큰 이유는 손채림일
것이다.

"채림이한테 이야기 들었어요. 남편이 저를 이용할 거라
고요?"

"네, 제 생각은 그렇습니다. 물론 제가 잘못 생각한 것일
수도 있겠지만……."

"아니요. 나라도 그렇게 생각하겠어요. 아니, 아마 맞을
거예요."

이혜선은 침착하게 말을 꺼냈다.

그녀가 아는 남편이라면 그러고도 남으리라는 걸 알고 있
기 때문이다.

"나보다 그 사람을 더 잘 알고 있는 사람이 있을까요?"

그녀는 힘겹게 말했다.

'그 사람'에 대해 말하는 것만으로도 온몸에서 힘이 빠져나
가는 듯했다.

"지금은 집에서도 각방을 쓰고 있어요. 부딪히지도 않고
있고요."

"대화는요?"

"계속 말을 걸고는 있지만, 제가 대꾸하지 않고 있지요."

"역시나 그렇군요."

"역시?"

노형진의 말에 이혜선과 손채림은 어리둥절했다.

역시라니?

"정작 집에서는 한마디도 하지 않죠, 손하균 씨가?"

"네."

"아마 그 말을 건다는 것도, 톡이나 문자나 핸드폰으로 전화를 건다거나 하는 거 아닌가요?"

"잠깐만요……."

이혜선은 잠깐 생각하다가 고개를 끄덕거렸다.

보통 그런 식으로 연락을 많이 한다.

하지만 정작 집에 오면 별말이 없다.

각방을 쓰는 것도 뭐라고 하지 않고 말이다.

"그게 문제가 되나요?"

"문제가 되지요. 제가 말한 세 가지 모두 기록이 남는 방식이니까요."

순간 손채림의 얼굴이 딱딱해졌다.

"그게 무슨 말이야?"

"지금 전화 기록을 뽑아서 제출하면, 아마 재판부는 손하균 씨는 관계를 복원하려고 노력했는데 네 어머니가 철저하게 무시한 거라고 판단할 거야. 당연히 그 책임은 어머님이 지시게 되는 거지."

"그……."

설마 일상생활에서조차 그럴 줄은 몰랐던 이혜선은 얼굴

이 창백해졌다.

"얼마나 그랬나요?"

"6개월쯤요."

"그 전에는 대화가 없었고요?"

"네."

"혹시 이혼 결심을 한 건?"

"3개월 전이에요."

"아마 그러면, 그도 이혼할 생각을 하고 있었을 겁니다."

그렇지 않다면 6개월 전부터 그럴 이유가 없다.

"설마……."

"그의 스타일을 생각하면 충분히 그럴 수도 있는 사람일 것 같은데요. 그거 말고 다른 건 또 뭐가 있나요?"

"뜬금없이 꽃이나 선물을 사 주거나 하는……."

"신용카드로 말이지요."

노형진의 말에 다들 부들부들 떨었다.

모두 다 기록이 남는 행동들이다.

"어머님은 보통 집에 계시지요?"

"네, 아니면 바깥에 나가서 친구들을 만나거나……."

"그걸 증명해 줄 기록은 없고요?"

"……."

이혜선의 대답이 없자, 노형진은 곰곰이 생각에 빠졌다.

"이 상황에서 내연남이라도 하나 나타나면 상황은 끝인 건데."

"내연남? 우리 엄마한테 그런 게 있을 리 없잖아!"

"그건 그렇지. 하지만……."

그때 곰곰이 생각하던 노형진의 머릿속에 뭔가 스쳤다.

"혹시 카드 쓰십니까?"

"요즘 카드를 쓰지 않는 사람도 있나요?"

"잠깐 주시겠습니까?"

이혜선은 노형진에게 군말 없이 카드를 건넸다.

그걸 받아 든 노형진은 고개를 끄덕거렸다.

"이거, 어머님 카드 아니죠?"

"네?"

"이 카드 말입니다. 어머님 명의의 카드가 아니죠?"

"그건 그렇죠. 저는 일단 무직이니까."

당연히 남편이 만들어 온, 남편 명의의 카드다.

노형진은 카드를 이리저리 뒤집다가 입맛을 다셨다.

"그러면 카드 사용 내역은 보신 적 있습니까?"

"전혀요."

볼 이유가 없다.

자신이 사용하지만, 대금을 갚는 건 남편이니.

"사용 내역 알림도 손하균 씨 쪽으로 문자가 날아가고요?"

"네. 무슨 문제라도 있나요?"

"있지요, 아주 큰 문제가."

노형진은 한숨을 쉬며 말했다.

"고문학 팀장님한테 이 카드 사용 내역 좀 뽑아 달라고 해 봐."

"응? 아니, 왜?"

"안 한 걸 증명하는 건 불가능하다고 했잖아. 한 걸 증명하는 건 쉽고."

"무슨 말이야?"

"일단 알아봐 달라고 해. 급한 거니까 가능하면 빨리."

손채림은 고개를 끄덕거리고 카드를 들고 나갔다.

노형진의 머릿속에 복잡한 계획이 스치고 지나갔다.

물론 부인이 남편의 카드를 쓰는 거야 흔한 일이기는 하지만……

"카드도 조작했다고 생각하나요?"

"그럴 겁니다."

"하지만 카드는 언제나 제가 가지고 다니는데요."

"카드가 수중에 없다고 방법이 아예 없는 건 아니죠."

노형진은 착잡한 기분으로 말했다.

시간이 좀 걸릴 테지만, 당장 확인하지 않으면 안 될 일이다.

"기다리는 동안에 궁금한 게 하나 있는데요."

"네."

"도대체 손하균 씨는 절 왜 그렇게 싫어합니까?"

손하균은 노형진과 거리가 먼 삶을 살아왔다.

사실 같은 세상을 살아왔다고 보기에도 세대 차이가 있다.

그런데 자신을 이상하게 싫어한다.

물론 지금이야 자신이 싫어할 만한 짓을 하기는 했지만.

"아⋯⋯."

이혜선은 왠지 묘한 표정이 되었다.

"어릴 적에 제가 기억하지 못하는 무슨 큰 실수라도 했나요? 하지만 애초에 저희 집하고는 왕래도 없었는데요."

"형진 씨 잘못은 아닌데요⋯⋯."

"네?"

자신이 철천지원수라도 되는 것처럼 굴어서, 어릴 때 그에게 무슨 잘못이라도 한 줄 알았다.

그런데 자기 잘못은 아니라니?

"그러면요? 혹시 아시나요?"

"형진 씨 아버지와 악연이라고 해야 하나요?"

"악연? 하지만 저희 아버지는 그 사람이 누군지도 모르시는데요."

알았다면 자신을 싫어하는 이유를 말해 줬을 것이다.

하지만 손하균이라는 존재를 아버지는 모른다.

"그 사람하고 형진 씨 아버님은 같은 고등학교 출신이에요."

"그런가요? 거기서 싸운 건가요? 하지만 그런 거라면⋯⋯."

아버지가 모른 척한 것일까?

하지만 아버지는 모른 척한 거라고 하기에는, 진짜로 전혀 모르는 사람처럼 행동했다.

"싸운 거라고 보기는 힘들죠. 학생회장 후보였을 뿐이니까."

"네?"

"아버님이 고등학교 때 학생회장 한 건 알죠?"

"네."

"그러면 그때 선거에서 경쟁하던 사람이 누군지, 혹시 말하던가요?"

"아니, 누가 그런 걸 기억하는…….."

노형진은 설마 하는 생각이 들었다.

같은 학교인 자신에 대한 묘한 증오심.

"설마?"

"남편이 살아오면서 처음으로 패배한 사건이었죠. 나도 들은 거지만."

"허?"

학생회장 선거에 두 명의 후보가 나갔다.

학교 1등에 선생님들의 전폭적 지지를 받으면서 등장한 손하균과, 그다지 주목받은 적도 없는데 자의로 출마한 노형진의 아버지 노문성.

"그때까지 남편은 한 번도 패배란 걸 겪어 본 적이 없었어요."

언제나 1등. 언제나 최고.

모두가 자신의 아래라 생각했다.

"하지만 삶은 그런 게 아니니까…….."

학생회장은 성적순으로 뽑는 게 아니다.

물론 선생님들은 성적순으로 뽑는 걸 좋아하겠지만, 학생들은 훨씬 친화력이 있는 노문성을 선택했다.

애초에 손하균은 학생회장이 될 수가 없었다. 대놓고 주변 사람들을 천민 취급하는 손하균을 좋아하는 학생은 없었으니까.

투표 결과도 근소한 차이가 아니었다.

압도적인 패배.

손하균은 노문성이 얻은 표의 10분의 1도 채 얻지 못하고 무참하게 패배했다.

어지간하면 선생들이 뒤집을 수도 있었겠지만, 그마저도 불가능할 정도로 압도적인 패배였다.

"그러니까 우리 아버지가 자기를 패배시켜서 제가 싫다 이건가요?"

"그냥 패배가 아니에요. 전교생 앞에서 창피를 준 거나 마찬가지였지요."

"아니, 뭐 거창한 것도 아니고 고작 학생회장 선거에서 졌다는 이유 하나만으로……?"

"형진 씨에게는 고작이겠지만, 그에게는 인생이 바뀐 일이었지요."

자기보다 못한 사람에게 패배했다는 것.

그건 손하균에게 이루 말할 수 없는 모욕이었다.

못난 놈들은 재능도 제대로 알아보지 못한다고 무시하게 된, 가장 큰 일이었다.

"어이가 없군요."

수십 년을 자신을 미워한 이유가 고작 그거라니.

"그런데 손하균 씨가 그걸 이야기해 주던가요?"

"그럴 리가요. 그가 자신의 창피한 부분을 이야기해 주는 사람이었다면 제가 이혼할 리가 없지요."

"그러면?"

"동창회에서 들었어요. 부부 동반 모임이었지요."

"끄응, 하지만 아버지는 그런 이야기 하시지 않던데요."

"그날이 처음이자 마지막으로 나간 동창회였으니까요."

그곳에서 자신이 패배한 과거가 잠시 화제가 되었다는 이유로, 손하균은 다시는 동창회에 참석하지 않았다.

또 하필이면 그 동창회는 노형진의 아버지가 나가지 않았던 때였고.

그러니 아버지 역시 그 일을 기억하지 못할 수밖에 없었다.

"미친⋯⋯."

노형진은 소름이 돋았다.

고등학교 때 선거에서 한 번 패배했다는 이유로 그 자녀까지 증오하다니.

'제대로 미친놈이군.'

그것 말고는 그를 표현할 방법이 없어 보였다.

"학교에서도 중간밖에 안 가던 노문성 씨가 자신을 꺾고 승리한다는 게, 그는 용서할 수가 없었던 거죠."

"그래서 저를 싫어한다고요?"

"그의 입장에서는 대를 이어서 자신에게 덤비는 꼴이니까요."

하물며 그때마다 지고 있다.

'끄응…….'

오랜 시간을 고민한 이유가 고작 아버지의 학생회장 기록 때문이라니.

'이건 뭐, 원죄도 아니고.'

노형진은 머리를 절레절레 흔들었다.

'회귀 전에 엮였으면 큰일 날 뻔했군.'

회귀 전에는 그나마 직접적으로 연결된 적이 없었다.

그럴 필요도 없었고, 그럴 사건도 없었으니까.

하지만 엮였다면, 무슨 수를 써서라도 자신을 밟았을 것이다.

지금처럼 말이다.

그리고 그랬다면 그때의 자신은 버티지 못했을 테고.

"미안해요."

"미안해하실 필요는 없습니다."

노형진은 탐탁잖은 표정으로 말했다.

도대체 이 미친놈을 어떻게 상대해야 하는지, 앞이 캄캄했다.

때마침 들어오는 손채림.

"좀 걸릴 거래."

"그래."

"그런데 무슨 이야기를 했어?"

"나를 왜 싫어하느냐에 대한 이야기."

"우리 아빠? 아니, 그 인간이?"

"응."

"왜 그런 건데?"

"학생회장 선거 때문이라는데."

"응?"

이혜선은 다시 설명해 줬고, 손채림조차 기가 막히다는 표정이 되었다.

고작 그런 이유 때문에 딸의 친구를 그렇게 혐오했단 말인가?

"진짜 미친놈 아냐?"

"그래서 더 위험한 거야."

머리가 좋고 원한을 아주 오래 기억하며, 그걸 복수할 수 있는 순간까지 참는 인내력까지 가지고 있다.

"그런 녀석이라면 상대방을 천천히 함정으로 몰아넣을 거야."

그리고 이번 사건에서도 그건 마찬가지일 것이 뻔했다.

"도대체 몇 개의 함정이 준비되어 있을지……. 답이 안 보이는군."

노형진은 역시 이번 사건이 쉽지는 않을 것 같다는 생각이 들었다.

⚖️

"이게 뭐야?"

얼마 후 고문학은 정보 팀을 통해 카드 내역을 뽑아 왔다.

물론 카드 내역을 뽑아내는 것은 불법이다.

당연히 증거로는 못 써먹는다.

하지만 상대방의 계획은 충분히 알아차릴 수 있었다.

"모텔이라니? 장난해? 엄마가 왜 모텔을 가느냐고!"

수차례에 걸쳐 찍혀 있는 모텔 결제 내역.

그 이름을 보고 손채림은 입을 쩍 벌렸다.

"엄마가 설마……?"

"그럴 분 아니잖아."

"하지만 이건 뭐야? 도대체 왜 모텔이 찍혀 있느냐고? 카드는 엄마가 들고 있는데!"

"진정해. 네 어머니가 진짜 바람피우시는 거라면 아버지 카드로 모텔을 찍겠냐?"

"그건 그런데, 말이 안 되잖아!"

이해가 가지 않는 상황에 손채림은 어리둥절했다.

아무리 내역을 다시 들여다봐도 모텔이 찍혀 있을 뿐이었다.

"복제 카드일 거야."

"복제? 무슨 복제?"

"말 그대로 복제 카드야. 마그네틱 카드를 복제하는 것은 어려운 게 아니야. 거기에다 자기 카드. 그걸 복제해서 긁고 다니는 건 어려운 일이 아니잖아."

"어째서?"

"모텔이 찍혀 있어야 하니까."

"응?"

"네 어머니가 이날 뭐 하셨는지 알아?"

부정기적으로 찍혀 있는 모텔.

그 날짜를 보던 손채림은 아차 싶었다.

"모르지……."

알 수가 없다.

보통은 집에 혼자 있거나, 증명할 수 없는 뭔가를 하고 있었을 것이다.

"그리고 이건 증거지."

"하지만 네가 그랬잖아, 바람피우는 데 남편 카드를 쓰는 사람은 없다고!"

"일반적으로는 그렇지."

노형진은 입맛을 다셨다.

"하지만 어찌 되었건 증거는 되잖아. 최소한 합리적인 의심은 불러일으킬 수 있겠지. 너도 말했잖아, 그 카드를 들고 다닌 것은 네 어머니라고."

"그건 그런데…… 복제라면서?"

"복제겠지. 그렇지만 복제 카드가 있다는 증거가 있어? 전혀 엉뚱한 기록이 있거나 하는 뭐라도 있느냐고."

복제 카드라고 하면 일단 엉뚱한 곳에서 무차별적으로 긁어 댈 것이 뻔했다.

하지만 무차별적으로 긁은 게 아니다.

의심스러운 카드 내역이 있을 뿐이다.

"저쪽에서 증거를 제출하면 그걸 뒤집는 건 이쪽 책임이지."

"하지만 내역이 통보되잖아!"

"이메일 내역서를 신청하고, 보지도 않고 삭제했다고 하면?"

"사용 내역 문자는!"

"그건 신청하지 않았다고 하면 그만이지. 했어도, 해지했다고 하면 그만이고."

"그게 더 의심스러운 거 아니야?"

"아내의 사생활을 캐 보는 것 같아서, 미안해서 해지했다고 하면 어쩔 거야?"

"그……."

할 말이 없다.

손채림은 말을 하면서도 입을 쩍 벌렸다.

설마 이런 식으로 다 준비되어 있을 줄은 몰랐다.

"다행인 건, 내가 알아차렸다는 거야."

아직 이혼 준비는 하지 않고 있다.

그리고 노형진의 예상이 맞는다면, 손하균은 아직 자신에게 의뢰가 왔다는 걸 모르고 있을 것이다.

"변호사라는 인간이 증거를 조작해?"

"그런 인간이 한두 명도 아니잖아."

이길 수만 있다면 다른 건 문제가 되지 않는다.

"더군다나 이런 건 나중에 걸린다고 해도 변명하기 쉽거든."

걸린 후에라도, 자신은 복제 카드인 줄 몰랐다고 한마디만 하면 끝이다.

"이런 마그네틱 카드는 복제가 쉽다니까."

카드를 가져다가 한번 스윽 긁으면 복제된다.

단 30초면 똑같은 카드가 만들어진다.

그러니 나중에 자신은 복제된 걸 몰랐다고 해도, 법원에서는 충분히 인정된다.

"개자식."

손채림은 이를 갈았다.

아버지라고 생각한 적도 있었다.

최소한 인간으로서, 아니 변호사로서 해서는 안 될 일은 하지 않을 거라 믿었다.

하지만 그는 그런 일을 저질렀다.

그것도 딸인 자신과, 아내인 어머니에게 말이다.

"당장 가서 싸울 수도 없고. 후우, 후우……."

손채림은 심호흡을 하면서 화를 삭이려고 노력했다.

가서 싸우는 순간 자신들이 안다는 것을 드러내는 셈이니, 불리해지는 것은 이쪽이다.

"흠……."

노형진은 턱을 스윽 문질렀다.

"일단 저쪽의 목적은 알겠어. 이제는 이혼의 이유에 대해 알아봐야겠지."

"이혼의 이유? 뭐가 더 있을 거란 소리야?"

"더 있겠지. 불륜으로 인한 이혼이면 상당한 양의 지분을 빼앗을 수 있겠지만, 그 정도에서 멈출 인간이 아니잖아."

"큭."

노형진이 상대방에게 자비가 없는 것처럼, 손하균 역시 그런 스타일을 추구한다.

'그러고 보니 참 웃기네.'

자신을 가장 싫어하는데 가장 비슷한 방식으로 성장한 사람이 바로 손하균이다.

아니, 자신이 그를 보고 성장한 것이라 생각할 수도 있다.

'동족 혐오라는 건가?'

노형진은 문득 그런 생각을 하다가 고개를 흔들었다.

동족이라고 보기에는 추구하는 목적이 너무나 달랐다.

"그의 목적은 법무 법인 태양의 지분 보호야."

"그게 뭐라고!"

"법무 법인 태양은 단순히 재산의 의미가 아니야. 세상에 대한 영향력, 그리고 권력이지. 손하균은 그걸 지키려고 덤빌 거야."

문제는, 불륜만 가지고는 재산을 충분히 빼앗지 못한다는 거다.

"어째서?"

"불륜을 저지른 사람이 잘못한 건 맞지만, 보통 그런 경우 변호사는 상대방에게 원인이 있다고 주장하거든. 그리고 네 아버지……."

"아버지 아니야."

손채림은 선을 딱 그었다.

아버지로 인정하고 싶지도 않고, 다시는 보고 싶지도 않았다.

"뭐, 하여간 그 인간, 그 사람도 그걸 알아. 아무리 6개월 전부터 잘해 줬다고 해도, 그 전에는 무심한 것도 인정된다는 거지."

남자들은 열심히 일해서 돈 잘 벌어다 주면 자신이 할 일을 다 한 거라 생각하는 성향이 있다.

하지만 현실적으로 재판에 들어가면 그것만으로는 안 된다.

같이 있어 주지 않아서 외로움을 느끼게 한 것도 문제가 되고, 설거지해 주지 않는 것도 문제가 되고, 아이들과 놀아 주지 않은 것도 문제가 된다.

"그걸 모를 리 없는 사람이 고작 불륜이라는 미끼 하나만으로 이혼을 진행하지는 않을 거야."

"하지만 우리 엄마는……."

"알아. 하신 게 없지."

말 그대로 가정에 충실한, 전형적인 가정주부.

즉, 뭔가 조작해서 책임을 뒤집어씌우기에는 사회 활동이 없다.

'이혜선 씨는 더 이상 건드릴 만한 게 없어. 사업도 하지 않았고, 사치도 부리지 않았어. 생활 기록은 남아 있으니까. 그러면…….'

노형진은 입술을 깨물었다. 손채림에게서 지금까지 단 한 번도 들어 보지 못한 존재가 아직 남아 있다.

"외가는 어때?"

"뭐?"

"외가 말이야. 네 어머니 집안."

"그냥…… 평범하지."

"왕래는 잘 안 하고?"

"응. 아니 근데, 외가가 이번 일과 무슨 관계인데?"

"이혼의 원인 상당 부분이, 본인들보다 집안 문제인 경향이 있거든. 예를 들면 결혼 당사자끼리는 잘 맞는데 시어머니가 미친년이라서 이혼하는 여자도 있고."

"딱히 그런 거 없는데. 외가에서는 뭐 사업을……."

"사업?"

노형진은 눈을 찌푸렸다.

사업. 그리고 돈…….

"외가 전화번호 알지?"

"왜?"

"그의 다른 작전을 알 것 같아."

그리고 그 정도까지 준비한다면 손하균은 진짜 개놈이었다.

이혼은 계획이다

"채림아, 무슨 일이니?"

손채림의 엄마는 둘째이자 막내였다.

그러니까 손채림에게는 외삼촌이 한 명 있는 것이었다.

그는 손채림이 부르자 다급하게 달려왔다.

그의 복장을 본 노형진은 입맛을 다셨다.

"아, 그게……."

아무래도 남사스러운 일이다 보니 말하기 애매했다.

더군다나 혹시나 그가 한패가 아닐까 하는 의심도 있었다.

손채림이 알기로는, 착하고 바르기만 한 사람은 아니니까.

"노형진이라고 합니다. 이번 사건에 대해 도움을 좀 주고 있습니다."

"이번 사건요?"

"아직 말씀드릴 상황은 아닙니다."

노형진은 인사하면서 그의 손을 꽉 잡았다.

그리고 속으로 살짝 안도했다.

'다행이군.'

평소에는 기억을 읽는 것을 선호하지 않는다.

필요한 경우 진실을 알 수는 있지만, 증명하는 것에 한계가 있으니까.

하지만 이번 일은 증명이 중요한 게 아니어서 그의 기억을 읽었다.

다행히 그는 이번 사건이 뭔지도 모르고, 손하균과 한패도 아니었다.

"채림아, 도대체 이게 무슨 말이니? 네 어머니 이야기라면서?"

어리둥절한 표정이 되는 외삼촌을 보면서 손채림은 어색한 표정을 지었다.

어떻게 해야 하나 고민이 되는 눈치다.

노형진은 괜찮다는 듯 그녀의 어깨를 두들겼다.

"사실, 손하균 씨는 동생분이신 이혜선 씨와 이혼하려고 하고 있습니다."

"네?"

외삼촌은 당혹한 얼굴이 되었다.

이혼이라니?

"형진아?"

"괜찮아. 믿어도 돼."

"……."

손채림은 더 이상 아무 말 하지 않았다.

노형진의 직감은 틀린 적이 없으니까.

그리고 그 말이 사실인 듯, 외삼촌의 얼굴에는 당혹감이 번져 갔다.

"이혼이라니요? 그게 무슨 말입니까? 그리고 그걸 왜 저한테……?"

"사실은……."

노형진은 차근차근 지금 벌어지는 일을 설명했다.

그 이야기를 들은 외삼촌은 입을 쩍 벌렸다.

"그럴 리 없습니다. 그는 그런 사람이 아니에요!"

"어떻게 아십니까?"

"물론 그가 좀 냉철해 보이기는 하지만, 그래도 속은 따뜻하고 깊은 사람입니다. 가족들을 얼마나 챙기는데요!"

"그 챙긴다는 기준이, 돈이지요?"

외삼촌은 움찔했다.

"뭐야? 뭐 알고 있는 거 아나?"

손채림 역시 그런 외삼촌의 행동을 보자 눈꼬리를 확 치켜올리며 따지고 들었다.

"아니, 알고 있다기보다는……."

"얼마 받으셨습니까?"

"에?"

"얼마나 받으셨냐고요."

"그다지 많이는……."

"그다지 많이 받지 않은 분이 그런 옷을 입고 옵니까?"

"네? 옷이라니요?"

"가르방시 아닌가요? 제가 알기로 그 양복 상의랑 바지 한 세트만 해도 1천만 원인데요."

"아니, 이건 내 돈으로 산 건데……."

"그리고 그 돈을 준 건 손하균 씨겠지요?"

"……."

아무 말도 못 하는 외삼촌.

그러자 손채림은 입을 쩍 벌렸다.

돈이라니? 무슨 돈 말인가?

"사업한다고 돈 줬지요? 얼마나 됩니까?"

"7억…… 정도……."

"삼촌! 미친 거 아냐!"

손채림이 새된 비명을 질렀다.

7억이라면 절대 작은 돈이 아니다.

"그리고 요 근래 들어서 자금 경색이 오지 않았습니까?"

"그건……."

"제대로 당했군."

"당하다니요? 난 이해가 안 가는데…….."

노형진은 한숨을 쉬면서 손채림의 외삼촌을 바라보았다.

딱 스타일을 보면 안다.

그가 하는 사업은 저런 정장을 입고 일하는 분야가 아니다.

물론 자리에 따라 정장을 입어야 하는 경우가 있을 수는 있겠지만, 1천만 원짜리 옷을 입을 이유는 없다.

그건 사업상의 목적이 아니라 개인의 성향이다.

그리고 이런 성향은…….

"외삼촌분, 사업한다고 하면서 목에 힘주고 다니는 스타일이시죠?"

"무슨 소리입니까? 나는 제대로 사업하는 사람이에요!"

"외삼촌이 말아먹은 사업이 몇 개인데! 나도 들은 게 있다고!"

"어허, 채림아! 사업을 하다 보면 실패할 수도 있는 거지."

"한두 번이 아니잖아! 그리고 제대로 사업 해 보기나 했어? 아나, 진짜! 미치겠네!"

손채림은 머리를 부여잡았다.

그녀도 어리기만 한 게 아니니 외삼촌의 성향을 잘 안다.

사업한다고 목에 힘주고 다니면서 거들먹거리는 걸 좋아할 뿐, 정작 자신을 희생해서 사업을 키울 줄은 모르는 사람이다.

사업을 하려면 본인부터가 열심히 뛰어야 하는데 그는 적당히 사람을 고용해서 일을 시키면 사업이 알아서 굴러간다고 생각하는 부류니까.

"제대로 당했어."

"무슨 소리야?"

"뻔한 거 아냐? 처가에서 사업이 안되니까 돈 좀 융통해 달라고 여러 번 부탁했겠지."

"그건……."

"그리고 손하균 씨가 부인 몰래 준 돈이 적지 않죠?"

"……."

"애초에 채림이 말을 들어 보면 평범한 집안인 것 같은데, 사업할 돈은 어디서 난 겁니까?"

"……."

말을 하면 할수록 외삼촌은 꿀 먹은 벙어리가 되어 갔다.

"외삼촌!"

"채림아, 이번 건 괜찮아. 진짜 괜찮은 거야. 이거 한 방이면 그 돈 다 갚을 수 있는 거야!"

애써 둘러대는 변명.

하지만 노형진은 고개를 흔들었다.

사업이라는 건 애초에 아이디어만으로 할 수 있는 게 아니다.

"하시는 사업이 뭔데요?"

"버섯 재배 세트 판매."

"뭐? 버섯? 시장에서 파는 그거?"

"야! 시장에서 파는 거라니! 영지버섯이야! 영지버섯!"

그의 사업 아이템을 들은 노형진은 혀를 끌끌 찼다.

그의 사업 아이템은 아이디어는커녕 '나는 망하겠습니다.' 하고 작심하고 덤비는 꼴이다.

"집에서 영지를 키워서 계속 먹는다. 이게 얼마나 좋은 아이템인데! 그거 하나만 있으면 온 가족의 건강을 챙길 수 있다고!"

"재배 기간이 얼마나 되는데요?"

"뭐라고요?"

"재배 기간요. 영지버섯 재배 세트에서 버섯을 키우면, 재배 기간이 얼마나 걸리죠?"

"한…… 두 달……."

"두 달간 버섯 세트 하나로 온 가족이 먹어요?"

"여러 개 사서 돌려서 먹으면……."

"그래서 영지버섯 세트 가격이 얼만데요?"

"한 개에 10만 원입니다."

"하아……."

노형진은 한숨을 쉬었다.

"제정신입니까?"

"무슨 소리를 그렇게 하는 거요! 영지 키우는 재미가 얼마나 좋은데! 그리고 그렇게 키운 영지를 직접 달여서 먹으면 얼마나 건강에 좋은데!"

애써 자신의 사업을 포장하는 외삼촌.

"그냥 파는 영지버섯을 사도 그것보다 더 싸게, 더 많이 먹을 수 있습니다만?"

"키우는 재미가 없잖아요!"

"키우는 재미는 다른 거 키워도 마찬가지입니다. 애초에 영지는 키우는 재미는 없습니다. 꽃이 있는 것도 아니고, 성장이 빠른 것도 아니고."

"보기 좋으니까……."

"버섯입니다, 버섯! 버섯이 태양 아래서 자랍니까? 보기 좋기는커녕, 빛을 보면 안 되는 거라고요."

"……."

당연히 그의 버섯 재배기 역시 빛이 들어오지 않는 아크릴 상자다.

재배하는 사람들 입장에서는 보기 좋기는커녕, 뭔지 모를 아크릴 상자가 자리만 차지하는 셈이다.

"그걸 온 가족이 먹는다고 하면 수십 개를 키워야 한다는 건데, 어떤 집이 그런 걸 수십 개를 키웁니까? 차라리 그냥 화분을 들여놓지."

"키우는 거 어렵지 않아요. 물만 매일 주면……."

"선인장은 일주일에 한 번만 줘도 삽니다. 그리고 꽃도 피지요. 애초에 관상용이라면 난을 키우죠, 버섯이 아니라."

"그건 못 먹잖아요. 건강을 생각해야지, 건강을!"

노형진은 한숨만 나왔다.

왜 손채림이 외삼촌과 거리를 두고 살았는지 알 것 같았다.

'뇌가 청순하다, 진짜.'

"그러니까 건강을 위해 그걸 사서 열심히 키워 재배한 후에, 끓여서 마신다, 이거죠?"

"그러니까 내 말이 그 말입니다!"

"영지버섯 드셔 본 적 있습니까?"

"뭐라고요? 당연히 먹어 본 적 있지요."

"그래요? 어떻던가요?"

"향이 얼마나 좋은데……!"

"그래서 진액은요?"

"진액?"

"애초에 영지버섯에 대한 지식은 있으신 겁니까?"

말을 길게 섞을수록 정말 나오느니 한숨뿐이었다.

영지버섯에 대해 노형진보다도 더 모른다.

아니, 어쩌면 저렇게 최소한의 지식도 없이 영지버섯 재배기를 팔겠다고 덤빌 수 있는지.

"영지버섯은 딱딱합니다. 그리고 아주 쓰지요."

이게 무슨 소리냐면, 그가 쓰는 방식이 아예 글러 먹었다는 것이다.

영지버섯은 딱딱하다.

어지간히 끓여서는 그 내부의 진액이 나오지도 않는다.

그래서 상당 시간을 끓여야 효과를 볼 수 있다.

문제는 영지버섯의 맛이 원래 상당히 쓴 편이라는 것이다.

몸에 좋은 것은 쓰다는 말처럼, 그 쓴맛은 생각보다 강하다.

그리고 물을 오래 끓일수록 쓴맛이 강하게 우러난다.

"건강 생각하면서 우리면 써서 못 먹고, 향을 생각하면 아무런 효과도 없지요."

"향만 즐긴다면……."

"시중에 영지 차 많습니다. 그리고 향만 즐긴다고 쳐도, 한 번 끓이고 나서 어쩌실 건데요? 버릴 건가요?"

"……."

아무리 딱딱하다고 해도 썩지 않는 건 아니다.

아니, 향을 즐기기 위해 한 번 끓이고 나면 무서운 기세로 부패하기 시작할 것이다.

"두 달 키워서, 한 번 끓여 먹고 버려요?"

"우리가 파는 영지 종균을 사다 다시 키우면 재활용도 되고……."

"그걸 한 번 고생해서 먹은 사람이 재활용을 하겠습니까?"

"……."

외삼촌은 고개를 푹 숙였다.

차마 말을 할 수가 없었다.

말을 할수록 도무지 답이 안 보였다.

"사실대로 말해 보세요. 얼마나 빌렸어요?"

"……."

"외삼촌!"

언성을 높이며 재촉하는 손채림.

그는 고개를 푹 숙이면서 한숨을 쉬었다.

"23억……."

"아나, 미치겠네!"

손채림은 머리를 부여잡았다.

어마어마한 금액이다.

"하지만 네 아버지는 이것보다 더 벌잖아. 이 정도면 1년 이면 버는 돈이니까……."

"버는 돈이 얼마인지가 문제가 아니죠. 처가에서 23억을 빌려 가서 갚지 않았다는 게 중요한 겁니다."

이걸 가지고 싸우기 시작하면 불리해지는 것은 당연히 이쪽이다.

"이혼의 책임은 이쪽에 있는 게 될 거야."

"엄마가 빌려준 게 아니잖아!"

"하지만 네 엄마가 너희 외삼촌을 버릴 사람이야?"

"……."

아니다.

엄마는 착해서 절대 못 그런다.

당연히 싸우게 되면 외삼촌 편을 들어 줄 테고…….

"악! 미치겠네!"

손채림은 머리를 싸매며 펄펄 뛰었다.

당연히 이혼의 과실책임은 이쪽에 있는 셈이 된다.

"설마…… 무려 23억인데……."

"고작 23억이죠."

"뭐라고요?"

"본인 스스로 말하셨잖습니까, 1년이면 버는 돈이라고."

"그건……."

"23억을 버리면 이쪽의 과실 비율을 높일 수 있지요."

불륜과 함께 터트린다면 아마 100%라고 봐도 무방할 정도로 깨질 것이다.

"그가 가진 전 재산과 태양의 지분을 생각하면……."

노형진은 턱을 문질렀다.

"못해도 200억 이상."

"헉!"

물론 현금이 그 정도 되지는 않는다.

하지만 법무 법인 태양의 가치는 그렇게 낮지 않다.

"그리고 정확하게 말해야 합니다. 손하균 씨가 23억을 준 게 아니에요. 빌려준 거지."

"그게 무슨……?"

"그걸 빌미로 외가 쪽을 붕괴시킬 거라는 거죠."

전 재산을 압류하고 집안을 무너트리는 데에는 충분한 금액이다.

일단 외삼촌의 재산부터 손대겠지만…….

"네 외할머니와 외할아버지, 돌아가셨다고 했지?"

"어."

"그러면 외삼촌이 그 돈 다 까먹으면?"

"끝나는 거지."

손채림은 이를 박박 갈았다.

어머니가 이혼당하고, 전 재산을 소송을 통해 빼앗기면 외가는 끝장나는 거다.

그리고 어머니는…….

"개자식."

안 그래도 자존감이 낮아서 자살의 위험이 있는 상황이다.

그런 상황이라면 100% 자살할 것이다.

"이런 개자식! 개새끼!"

다른 사람이 있든 없든, 손채림은 사방에 욕을 퍼부었다.

아버지라는 작자가 눈앞에 있으면 당장이라도 패 죽이고 싶은 심정이었다.

"끝내주네."

애초에 온 가족을 파멸시키기 위해 함정을 판 것이 분명했다.

'아마 손채림도 휘말리기를 원했겠지.'

다행히 손채림은 노형진 덕분에 상당한 돈을 벌었다.

물론 그렇다고 해도, 23억을 갚아야 하는 상황이라면 타격이 없지는 않을 것이다.

그만큼 큰돈이다.

일반적인 여자라면 인생이 말 그대로 시궁창으로 처박힐 일이다.

'무서운 새끼.'

노형진은 부르르 떨었다.

미친놈인 줄은 알았지만 이 정도일 줄은 몰랐다.

"그, 그러면 어쩌지? 어? 난 어떡해? 나는? 나는?"

"지금 외삼촌이 문제야! 아, 진짜!"

외삼촌이라고 하나 있는 게 이런 인간이라니, 손채림은 미칠 것 같았다.

불륜이야 어떻게 뒤집을 수 있지만, 무려 23억이라는 돈을 어떻게 한단 말인가?

"진정해. 방법이 없는 건 아니니까."

"어떻게?"

"글쎄. 일단 찾아봐야지."

노형진은 턱을 스윽 문질렀다.

그리고 멍하니 천장을 바라보며 생각에 잠겼다.

"돈이라……."

물론 자신이 갚아 주려고 한다면 갚아 줄 수 있다.

그러나 이건 돈의 문제가 아니라 자존감의 문제다.

사실 돈 자체만 본다면, 외삼촌이 파산절차를 밟으면 그만이다.

'물론 그걸 그냥 두고 볼 손하균이 아니겠지만.'

그의 힘이면 파산 신청을 불허시키는 건 어렵지 않으니까.

"일단 하나씩 해결하자. 가장 먼저 네 어머니 문제."

"그걸 왜?"

"그걸 해결할 방법이 있어."

"어떻게?"

"카드를 쓰는 거지."

"뭐?"

노형진은 자리에서 일어났다.

"카드를 저들만 쓰라는 법 있나? 우리도 쓰고 있는데."

노형진은 씩 웃었다.

⚖️

카드 복제는 쉽다.

상대방은 그걸 이용해서 함정을 팠다.

노형진은 그걸 뒤집을 생각이었다.

"카드 복제는 원래 쉬우니까 그걸 또 복제하는 것도 어려운 일은 아니지."

노형진은 카드를 쫙악 펼쳤다.

"아홉 개?"

"그래. 네 어머니가 가지고 있는 카드 중 세 개가 네 아버지 카드더라."

"그건 그런데⋯⋯."

요즘 카드를 달랑 하나만 들고 다니는 사람은 별로 없으니까.

"그래서 그걸 빌려 왔어. 그리고 복제했지."

"어째서?"

"저들이 노리는 건 카드를 이용해서 네 어머니가 모텔에 주기적으로 드나들었다는 것을 증명하는 거야."

"그렇지."

"그리고 우리는 카드가 다른 사람에 의해 사용되었다는 걸 증명해야 하지."

"하지만 어떻게 그걸 증명⋯⋯?"

손채림은 물끄러미 카드들을 바라보았다.

복제되었다는 걸 증명하는 가장 확실한 수단.

"그건 다름 아닌 카드 사용 내역이지."

가령 서울에서 카드를 결제한 사람이 20분 이내에 부산에서 카드를 사용할 수는 없다.

그건 카드가 복제되었다는 확실한 증거다.

"이 카드들은 똑같아. 외부에서 보면 명백하게 복제 카드들이야."

"설마 이걸 사용할 거야?"

"왜? 저쪽에서만 증거를 조작하라는 법 있어?"

노형진은 저쪽이 더럽게 나오는데 이쪽은 깨끗하게 이겨야 한다고 생각하는 사람이 아니다.

이것이 법이다

"너도 똑같은 짓을 하면 똑같은 사람이 된다는 말은 개소리야."

똑같은 사람이 된다 한들, 최소한 그의 노예가 되는 것보다는 나은 선택이 아닌가?

"그러니까 우리가 먼저 선빵을 치자고."

"그래서 얼마나 쓰려고?"

"글쎄……."

노형진은 카드를 바라보면서 씩 웃었다.

⚖

띠리링, 띠리링…….

한창 일을 하던 손하균이 핸드폰으로 시선을 돌렸다.

거기에는 익숙하지 않은 번호가 떠 있었다.

"뭐지?"

"대표님, 무슨 일이십니까?"

"낯선 번호가 떴는데. 1577-0000. 이게 뭔지 아나?"

"그건 카드사 번호인데요."

"카드사?"

손하균은 고개를 갸웃했다.

그리고 전화를 받았다.

"뭐야?"

상대방이 누구든 그보다 낮은 사람이라 생각한 손하균은 무심하게 전화를 받았다.

―안녕하세요, 고객님. 여기는 ○○카드입니다. 다름이 아니라…….

"끊어."

그는 눈을 찌푸리면서 전화를 꺼 버렸다.

"무슨 일입니까?"

"카드사 맞군. 또 무슨 이벤트니 뭐니 하면서 전화했겠지."

그런 귀찮은 이벤트 따위에는 관심도 없었던 그는, 다시 눈앞에 있는 서류로 시선을 돌렸다.

"광고 따위나 하다니, 멍청한 놈들. 사람 봐 가면서 할 것이지."

손하균은 무심하게 말하면서 하던 일에 집중했다.

하지만 그게 계획을 망치게 될 줄은, 그는 꿈에도 알 수 없었다.

⚖

"허억!"

손채림이 손을 부들부들 떨었다.

"왜? 문제 있어?"

"문제? 문제가 있냐고? 있지! 지금 이게 무슨 돈이야?"

이것이 법이다

"뭐긴, 카드깡을 했지."

"카…… 카드깡?"

"응. 설마 복제 카드를 아무 곳에서나 다 받아 주겠어?"

복제 카드에 쓰는 기본 카드 형태는 아무런 자국도 없는 하얀 카드다.

당연히 그걸 쓰면 일반적인 가게에서는 바로 알아차린다.

"카드깡을 해 주는 업자들은 모른 척 받아 주거든."

"그래서 카드깡을 해 왔다고?"

"어."

"얼마나?"

"거의 만땅으로."

"만땅?"

"어."

"그게 얼만데?"

"세 개 하니까 한도가 얼추 1억 5천 나오더라. 근데 5천은 깡업자들이 가지고 갔으니 1억."

"미친……."

쌓여 있는 돈더미를 보면서 손채림은 부들부들 떨었다.

그녀는 노형진이 카드 복제를 해서 그냥 어머니의 누명을 벗겨 주려는 줄 알았다.

그런데 카드깡을 통해 돈을 탈탈 털어 올 줄이야.

"아까워. 한도가 좀 더 높았으면 더 털 수 있었는데."

"지금 농담해?"

당장 다음 달에는 카드깡으로 1억 5천에 달하는 청구서가 날아갈 것이다.

당연히 손하균은 길길이 날뛸 것이 분명했다.

"어차피 우리 돈도 아닌데, 뭐."

어차피 그가 갚아야 하는 돈도 아니니, 노형진은 이 돈을 살뜰하게 손하균을 엿 먹이는 데 쓸 생각이었다.

"이런다고 다른 사람이 했다는 증거가 나와?"

"증거가 나온다기보다는, 엮는 데 필요한 거지."

"엮는 데 필요하다니, 무슨 소리야?"

"방금 말했잖아. 복제 카드는 애초에 모양 자체가 일반적인 카드와 달라. 각 회사에서 나오는 카드의 모양을 따라 하기가 힘드니까."

"그래서?"

"그런데 네 어머니 카드가 모텔에서 사용되었어. 그렇다면 그 모텔은 어떤 곳이겠어?"

"어? 아!"

당연히 이러한 카드를 받아 주는 그런 곳이라는 소리가 된다.

"아직 네 아버지는 무슨 일이 벌어지는지 몰라."

만약 알았다면 벌써 카드가 정지되었어야 한다.

하지만 정지되지 않았다.

그건 모른다는 거다.

"아마도 변명을 위해서겠지."

나중에 걸리더라도, 나는 아내의 사생활을 몰랐다고 주장해야 하니까. 그렇지 않다면 자기 카드를 모텔에서 긁고 다니는데 그걸 모른 척한다는 건 말이 안 된다.

그 사실을 믿고 긁어 온 것이 바로 눈앞의 이 1억이라는 자금이다.

이제부터 노형진은 그 자금으로 역습을 할 생각이었다.

"이제 슬슬 시간이 되기는 한 것 같은데."

"무슨 시간?"

"아까도 말했지만, 누군진 몰라도 이미 계획에 따라 움직이는 녀석이 있어. 그 녀석의 패턴은 두 가지야. 네 어머니가 집에 혼자 있어서 움직임을 증명할 수 없을 때 쓰거나, 네 어머니가 볼일을 보러 나가면 그 근처에서 쓰거나."

하지만 후자는 불안정하다.

어디로 갈지 알 수도 없고, 또 누군가를 만나는 바람에 결제 내역을 오히려 부정하는 증거가 남을 수도 있다.

CCTV가 있을 수도 있고.

"결국 가장 좋은 건 집에 혼자 있을 때지."

집에 카메라를 다는 사람은 없다.

당연히 혼자 있으면 증인도 없고.

"설마? 그래서?"

지난 며칠간 이혜선은 집에서 꼼짝도 하지 않고 있었다.

상대방을 끌어들이기 위해서다.

"이미 그들이 사용한 흔적이 있는 모텔은 감시 중이야."

그리고 지금쯤이면 누군가 가짜 증거를 만들기 위해 움직여야 하는 시점이다.

띠리링!

그 순간 울리는 노형진의 핸드폰.

노형진은 바로 전화를 받았다.

-노 변호사님, 사용 내역이 떴습니다.

"사용 내역이 떴다고요?"

-네. 종로구에 있는 배화모텔입니다.

"배화모텔?"

-네.

"지금 배화모텔에 사람이 있나요?"

-네. 지금 세 명이 지키고 있습니다.

"당장 들어가서 그 녀석을 잡고 있으라고 해요."

노형진은 자리에서 벌떡 일어났다.

"드디어 미끼를 물었다."

그리고 씩 웃었다.

⚖️

"이봐요! 이게 무슨 짓이에요!"

"경찰 불러! 경찰!"

노형진과 손채림이 다급하게 배화모텔로 갈을 때, 입구에서는 실랑이가 벌어지고 있었다.

새론의 정보 팀과 경호 팀이 한 남자를 붙잡고 있고, 일행인 듯한 여자는 어쩔 줄 몰라 하고 있었다.

그리고 모텔 주인으로 보이는 남자는 언성을 높이고 있었다.

"너희들 뭐야! 경찰 부르기 전에 안 꺼져!"

"잠깐 신분증 좀 보자니까!"

"이 새끼들이 정말! 너희들 진짜 안 꺼져!"

언성을 높이는 사람들.

다급하게 차에서 내려서 그들에게 다가가던 손채림이 갑자기 입을 쩍 벌리며 멈췄다.

"왜 그래?"

"저…… 저거…….”

"응?"

"엄마인 줄 알았어."

"뭐?"

"저 옷 말이야. 엄마가 가장 좋아하는 옷이야. 거기에다 저 여자…….”

"아…….”

노형진은 손채림이 왜 그러는지 알았다.

여자가 입고 있는 옷뿐만이 아니다. 여자도 상당히 이혜선과 닮아 있었다.

　노형진은 힐끗하고 입구에 매달린 카메라를 살폈다.

　카메라는 딱 봐도 상당히 오래된 모델이었다.

　'아마도 해상도가 상당히 낮겠지.'

　사실 당연하다.

　CCTV를 최신으로 바꿔 달 정도의 모텔이라면 가짜 신용 카드를 받을 이유가 없다.

　"경찰 부르기 전에 어서 꺼져!"

　언성을 높이는 모텔의 주인.

　그때 노형진이 입구를 막고 있는 세 사람을 뚫고 들어가자, 주인은 그를 미친놈 바라보듯이 했다.

　"장사 안 해!"

　아마도 뒤에 손채림이 따라 들어오자 화끈한 밤, 아니 낮을 보내려고 온 커플인 줄 안 모양이었다.

　"장사는 안 하는 게 아니라 못 하게 되실 텐데?"

　"뭐라?"

　"경찰 부른다면서요? 경찰 불러요."

　"뭐야, 이 새끼는?"

　"경찰을 안 부르는 게 아니라 못 부르는 거겠지."

　노형진은 코웃음을 치면서 말했다.

　경찰이 오면 가짜 카드를 받아 준 사실이 드러날 수밖에 없다.

그러니 벌써 40분 가까이 언성만 높일 뿐 진짜로 경찰을 부르지는 못하는 것이다.

"어디 보자, 가짜 카드 쓰셨지요?"

"뭔 개소리야! 증거 있어?"

"증거는 저 남자 주머니에 있겠지."

남자의 얼굴이 창백하게 변했다.

"경찰 부르자고 했지요? 경찰 부릅시다."

"허억!"

털썩 주저앉는 남자.

그리고 당황해서 어쩔 줄 몰라 하는 여자와, 태도가 돌변하는 모텔 주인.

"아이고, 잠깐만요. 잠깐만, 이야기를 좀 합시다."

"우리가 왜요?"

"이건 오해가……."

"무슨 오해요? 저 인간이 카드 복제해서 1억 5천이나 긁었는데 무슨 오해가 있어요? 잡으려고 벼르고 있었습니다. 경찰 불러요."

"잠깐만요! 무슨 소리예요! 카드로 1억 5천이라니!"

남자는 비명을 지르듯이 외쳤다.

1억 5천이라니, 그런 게 가능할 리 없지 않은가?

"모르는 척하지 맙시다. 부산이랑 대구 그리고 광주에서 5천씩, 1억 5천만 원 긁으셨잖아요."

"저는 그런 적 없습니다! 그건 불가능해요! 전 거기 간 적도 없단 말입니다!"

"그건 당신 주장이고."

그러면서 노형진이 눈짓하자 손채림은 재빠르게 전화기를 들었다.

그녀는 속에서 열불이 터지고 있었다.

'이런 개 같은 새끼가.'

어머니가 가장 좋아하는 옷. 그리고 어머니와 무척이나 닮은 여자.

단순히 닮은 게 아니다.

화장까지 어머니와 닮아 보이게끔 했다.

어지간한 카메라로 본다면 누구나 본인이라고 할 정도였다.

'미친 새끼.'

우연이 아니다.

저 옷은 어머니가 자신과 같이 가서 산 거다.

옷과 가방 그리고 신발까지, 870만 원을 줬다.

그런데 그렇게 비싼 걸, 우연히도 비슷하게 생긴 여자가 똑같이 챙겨 입고, 어머니의 복제 카드를 쓰는 모텔에서 만났다?

그것도 옷과 전혀 어울리지 않는 싸구려 모텔에서?

'개소리.'

오래된 CCTV.

그건 불륜의 확실한 증거가 될 게 뻔했다.

"잠시만요! 이건 오해가 있습니다! 진짜예요!"

다급하게 매달리는 남자.

손채림은 순간 욱하는 마음에 남자를 발로 뻥 찼다.

"이 새끼야! 우리 엄마를 함정에 빠트려?"

"어…… 엄마?"

"그러면 저 여자는 뭐야!"

순간 상황이 이해가 간 남자는 자신도 모르게 다리에 힘이 빠져 비틀거렸다.

다른 사람도 아니고, 하필이면 딸에게 걸리다니.

"너 이 새끼, 콩밥 좋아하냐? 어? 나 돈 졸라 많거든! 내가 무슨 수를 써서라도 너 콩밥 먹인다, 이 새끼야!"

평소와 다르게 길길이 날뛰는 손채림을, 노형진이 말리면서 뒤로 물렸다.

"진정하고."

"이게 진정할 일이야!"

"내가 우리 부모님 사건이라고 화내디?"

"끄응……."

물론 그 역시 화를 내기는 한다.

하지만 그 이상으로 냉철하게 사건을 처리한다.

"잠깐 기다려 봐."

노형진은 손채림을 진정시키고 바닥에 쓰러진 남자에게

다가갔다.

그리고 얼굴을 들이밀었다.

"상황은 이해가 되실 테고, 조용히 이야기하실래요, 아니면 경찰을 부를까요?"

"아…… 저…….."

"아님 깔끔하게 1억 5천 내놓든가."

"아닙니다. 저는 아니에요. 진짜예요."

"그럼 진지하게 이야기하실 준비는 되셨지요?"

"네? 네, 네, 네!"

정신없이 고개를 끄덕여 대는 남자에게 마주 끄덕여 준 노형진은 일어나서 모텔 주인을 바라보았다.

"제일 큰 방."

"……"

"경찰을 부르……."

"521호실입니다."

잽싸게 열쇠를 넘기는 주인의 모습에 노형진은 피식 웃으며 그들을 데리고 방으로 갔다.

잠시 후 방에 도착하자 먼저 와서 두 사람을 잡고 있던 세 사람은 입구를 막았고, 노형진과 손채림은 침대에 걸터앉았다.

그리고 두 사람은 무릎을 꿇려 앉혔다.

"그래서, 무슨 생각으로 1억 5천이나 당기셨어?"

"아닙니다! 진짜 아니에요!"

남자는 억울했다.

"아니긴 뭐가 아니야. 이미 여기서 복제 카드가 사용된 거다 알고 왔는데."

"그건……."

"없다고?"

노형진이 경호 팀 사람에게 눈짓하자 그는 남자를 강제로일으켜서 주머니를 털었다.

그러자 하얀색의 복제 카드가 하나 튀어나왔다.

"거봐. 이야, 미친놈이네. 1억 5천이나 해 먹고도, 그걸로모텔을 또 와?"

"아니에요. 진짜입니다."

"그러면 이런 복제 카드를 가진 새끼가 한 열 놈쯤 되는가봐요?"

노형진이 싱글거리며 웃었다.

"그럴지도……."

"지금 그걸 말이라고 지껄이시는 건가요?"

"지…… 진짜입니다! 저도 이거 받은 거여서……!"

손채림의 눈에 불이 번쩍 켜졌다.

노형진은 손을 꾹 잡아 그녀를 진정시키면서 물었다.

"받아? 받아서 1억 5천이나 한 거야?"

"아니에요! 제가 긁은 건 모텔뿐입니다!"

"무슨 말도 안 되는 소리야? 복제 카드를 받아서 고작 모텔에서 쓰는 놈이 어디 있어!"

"진짜예요! 애초에 그걸 계약 조건으로 받은 거라……!"

"계약 조건?"

"네!"

"무슨 계약?"

"그게…….'

남자는 시선을 옆으로 돌렸다.

그리고 여자를 바라보았다.

여자는 안 된다는 눈빛을 보냈지만…….

"돈 갚는 건 여자가 아니라 당신입니다."

노형진의 말 한마디에 무너지고 말았다.

"사실은…… 조작하는 걸 도와주면 돈을 받기로 했습니다."

"오빠!"

"야! 지금 이 상황에서 뭐 어쩌라고! 딱 보면 몰라! 걸렸잖아!"

부들부들 떠는 남자.

자신들이 노리던 여자의 딸까지 왔다.

이 상황에서 더 이상 뭘 어쩐단 말인가?

"무슨 조작이지요?"

"불륜입니다."

"불륜?"

"네……."

그는 결국 사실대로 말하기 시작했다.

다급한 자신에게, 누군가 5천만 원을 주기로 했다.

그 대신에 불륜을 증언해 달라고 했다.

그리고 그 사람은 옆에 있는 여자를 데리고 왔다.

단순히 카드만 쓰는 것이 아니라, 모텔에 함께 들어가는 모습이 찍히기를 원했다.

"이런…… 개……."

손채림이 당장이라도 팰 것 같은 기세로 부들부들 떨었다.

"죄송합니다, 죄송합니다."

"죄송하면 벌을 받아야지요."

"벌은 달게 받겠습니다."

"그리고 1억 5천은?"

"그건 진짜 억울합니다. 진짜예요. 제가 그럴 리 없지 않습니까?"

돈이 다급해서 한 일이다.

애초에 그렇게 쓸 수 있다는 걸 알았다면 이미 그렇게 긁고 튀었지, 엉뚱한 곳에서 이렇게 깨작깨작 쓰고 있지는 않았을 것이다.

"흠……."

노형진은 잠깐 고민하다가 고개를 돌려서 남자를 바라보

았다.

"한 가지 가능성이 있는데요."

"가능성요?"

"당신도 속은 거죠."

"속은 거라니요?"

"불륜으로 몰아서 이혼하는 것까지는 좋은데, 그 남자가 당신한테 돈을 줄 생각이 없었던 거 아닐까요?"

"그게 무슨 말씀이신지?"

"사건 끝나면 1억 5천을 당신이 썼다고 소송을 걸었을 겁니다, 아마도."

"네?"

"복제 카드는 하나뿐이 아니라면서요? 그러면 그거 말고 이유가 있을까요?"

"……."

생각해 보니 그렇다.

자신에게 준 복제 카드는 하나다.

하지만 그가 만났던 이는 복제 카드가 하나라고 한 적은 없다.

애초에 복제하는 것이 어려운 일도 아니고.

"그러니까 이런 거죠. 당신을 이용하고 싶기는 한데 그 돈은 아깝고, 그러니 당신을 속이고 나중에 받아 내려고 한 거였겠지요."

노형진이 그렇게 말하자 손채림은 슬쩍 고개를 돌려서 그를 바라보았다.

어이가 없었다.

'네가 카드깡 한 거잖아!'

하지만 차마 말할 수는 없다.

"그래서, 그 조작을 도와주면 돈을 준다고 했다고요?"

"네…… 돈이 필요했습니다."

남자는 아랫입술을 깨물며 말했다.

"아이가…… 아픕니다. 심장병이 있어 수술을 해야 합니다. 미안합니다. 하지만 저도 선택할 수 있는 게 아니……."

"그건 제가 알 바 아니죠."

노형진은 불쌍한 소리를 하는 남자의 말을 잘랐다.

"아이가 아픈 사람이 당신만 있는 거 아닙니다. 아이가 죽은 사람도 있습니다. 그들이 양심이 없어서 애들 죽였을 것 같습니까? 당신이 가족이 소중한 만큼, 그들도 가족이 소중합니다. 하지만 그들은 가족을 핑계로 자신의 욕심을 채우지는 않았습니다."

"……."

차가운 말이다.

하지만 노형진은 이런 말에 흔들리기에는, 더러운 꼴을 많이 너무나 봤다.

'범죄자들 중에 자기가 불쌍하다는 말을 하지 않는 사람이

없으니까.'

형량을 줄이기 위해, 최대한 선처를 받기 위해 범죄자들이 가장 많이 쓰는 방법이 바로 '나 불쌍해.'라며 피해자인 척하는 것이다.

하지만 전 재산을 다 털어서 아이를 살리고 지방으로 내려가는 진짜 불쌍한 사람이 있는가 하면, 그걸 이용하는 사람도 있다.

자식이 심장병이 있음에도 불구하고 강남에 살면서, 다른 곳으로 이사는 가지 못하겠다고 우기며 자신이 불쌍하다고 하는 사람처럼.

"자기가 불쌍하다고 하려면 바닥으로 떨어져서 지하 단칸방에서 아이가 죽어 갈 때 하세요."

남자는 입술을 깨물었다.

아직 그에게는 재산이 남았으니까.

"하지만 당신에게는 여전히 기회가 있지요."

"기회?"

"증언, 해 줄 수 있겠습니까?"

"증언요?"

"네, 당신에게 시킨 그거요."

노형진은 옆에 있던 가방을 열었다.

그 안에 있는 돈을 보고, 남자는 침을 꿀꺽 삼켰다.

"불쌍한 건 불쌍한 거고, 당신이 원하는 건 돈이지요. 1억,

어떻습니까?"

노형진의 말에 남자의 눈에 고민이 아주 잠깐 스치고 지나
갔다.

⚖️

"애초에 네 돈도 아니잖아?"

"그렇지."

노형진은 고개를 끄덕거렸다.

자기 돈도 아니다. 카드깡 해서 번 돈이다.

"내가 미쳤다고 내 돈으로 그 인간 좋은 일 하겠어?"

"허, 그 새끼가 알면 눈깔 돌아가겠네."

"그렇겠지."

"그런데 돈 돌려 달라고 하면?"

"돌려 달라고 못 해."

자신이 자신의 카드를 복제해서 뿌렸다.

그 순간부터 손하균은 자신의 개인 정보를 포기한 셈이다.

"그런 경우에는 소송해도 그 돈 못 받아. 왜 카드에 사인
하는 게 그렇게 중요한데?"

큰돈은 아니다.

하지만 자신의 돈으로 자신이 조작한 걸 뒤집었다는 걸 알
면, 아마 속이 엄청 쓰릴 것이다.

"일단 불륜은 뒤집었어."

"그런데 경찰은 왜 안 부른 거야? 차라리 경찰에 넘기는 게 훨씬 좋은 거 아냐?"

"전혀. 그 새끼는 힘이 있으니까."

경찰에 넘기는 순간 손하균에게 정보가 넘어갈 테고, 당연히 그는 모든 힘을 다해서 그걸 수습하려고 할 것이다.

"차라리 수습 못 하게 기습적으로 터트리는 게 더 중요해."

그리고 노형진이 노리는 것이 하나 더 있다.

그가 뭘 가장 소중하게 여기는지 알아낸 이상, 그걸 이용해서 제대로 엿을 먹일 생각이었다.

이것이 법이다

폭로는 타이밍

"약한데……."

노형진은 탁자를 두들기면서 고민에 빠졌다.

"약하다니?"

"네 어머니한테 뒤집어씌우려는 죄 말이야. 약해."

손채림은 눈을 찌푸렸다.

딸인 그녀의 입장에서는 말도 안 되는 개소리들이었다.

그런데 그게 약하다고?

"설마 그걸로도 이기지 못한다는 거야?"

"그게 아니야. 이혼은 비율의 문제야."

"응?"

"지금 네 아버지가 이혼의 대명제로 요구하는 것은 두 개야. 첫째, 불륜. 둘째, 외가, 아니 네 외삼촌이 요구했던 사업 자금."

노형진은 탁자를 두들기면서 고민에 빠졌다.

"그런데 일단 불륜. 그건 확실히 귀책사유가 되지만, 재산 분할에서 철저하게 불리한 상황은 아니야."

"철저하게 불리한 상황은 아니라고?"

"그래. 일단 기여분이라는 게 있거든."

이혼당할 때 가정주부에게 50%가 인정되는 가장 큰 이유. 그건 바로 기여분 때문이다.

재산 형성 과정에서 가정을 지키고 그 재산을 지킨 것만 해도 기여분을 인정해서 그 비율을 주는 것이다.

"물론 네가 문제가 되기는 하지만."

"내가 뭘?"

"너를 제대로 안 키웠다고 주장하겠지."

"하?"

어이가 없어서 손채림은 한숨이 터져 나왔다.

"누가 누굴 제대로 안 키워?"

"일단 개소리인 거 알아. 하지만 상대방은 손하균이야."

노형진이 봐도 손채림은 잘 컸다.

다만 현 상황에서 분명히 집을 나가서 연을 끊은 상태이니, 손하균은 그 책임을 그녀의 어머니인 이혜선에게 뒤집어씌울 것이다.

"말도 안 되는 개소리잖아!"

"그건 알아. 하지만 판사가 손하균을 편들어 줄 거라고."

재판에 들어가면 일단 판사는 손하균 편을 들어 줄 것이다.

손채림이 자신은 잘 컸다고 주장하겠지만…….

"그걸 받아들이는 건 판사의 권한이라는 걸 잊지 말라고."

"끄응…… 어이가 없네."

"그런 게 법이잖아."

실제로 이혼소송 중에 아이들이 일방에게 설득당해서 다른 한쪽에 나쁜 말을 하는 경우가 없는 것도 아니다.

그래서 그걸 받아들이고 말고는 판사의 권한이다.

'안 봐도 뻔하지.'

손채림이 무슨 말을 하든, 손하균에게 불리한 말을 하도록 설득당했다는 식으로 해석해서, 받아들이지 않을 것이다.

"하지만 그래도 여전히 비율을 따지면 높거든."

"얼마나?"

"한…… 7 대 3 정도?"

불륜이야 과실 비율이 크지만, 그게 10 대 0 정도는 아니다.

외삼촌에게 빌려준 돈?

그것도 이혼 귀책사유가 되지만, 외삼촌이 동생 몰래 빌렸다는 사실을 말한다면 그 책임 역시 경감된다.

그건 손채림도 마찬가지다.

일단 잘못 키웠다고 주장하겠지만, 손채림은 이미 성인이자 상당한 재산을 쌓은, 사회적으로도 나름 성공한 사람이니까.

"결국 최대한 재산을 분할해 봐야 7 대 3이야."

손하균이 7, 이혜선이 3.

"그런데 그 정도면, 이혼할 때 손하균의 지분을 넘볼 수 있는 수치거든. 손하균의 최대 목적은, 이혼을 해도 지분은 지키는 거야. 그런 만큼 그 비율을 훨씬 낮출 텐데……."

최소한 9 대 1, 어쩌면 10 대 0까지 노릴 것이다.

"하지만 그게 뭔지 모르겠단 말이야."

손하균의 주변을 이 잡듯이 뒤지고 있지만 도무지 뭘 하는지 알 수가 없었다.

"어머니 주변은?"

"아무것도?"

노형진은 어깨를 으쓱했다.

"고부 갈등은 아니고…… 폭력도 아니고 과소비도 아니고……."

이 경우 결국 손하균은 여자 자체에게 귀책사유를 뒤집어 씌울 것이다.

"그러니 성격 차이는 아니야……. 음…… 이거 좀 그런데, 잠자리는 어때?"

"응?"

"네 어머니랑 그 인간이랑."

손채림은 눈을 찌푸렸다.

하지만 대답할 수밖에 없었다.

부부 사이에 잠자리를 거부하는 것도 귀책사유인 것은 사실이니까.

"내가 아는 한 나쁘지는 않아."

"나쁘지 않다?"

"그 새끼는 여자 없으면 못 살아."

"그래?"

"그래."

짧은 말이지만 무슨 뜻인지 알 수는 있었다.

"어머니가 거부할 처지는 아니었겠지?"

"진짜 딸한테 별걸 다 묻는다?"

"이건 딸이 아니라 재판이다."

"알아. 에효. 일단 내 기억 속에서 그런 일은 없었어."

"하긴⋯⋯."

노형진은 턱을 문질렀다.

'그러면 잠자리 거부도 아니란 말이지. 그러면 뒤집어씌울 게 없는데.'

그것도 그녀의 재산 기여분을 인정하지 않을 정도로 큰 건이라면⋯⋯.

'뭐지? 켕기는 게 있을 텐데⋯⋯. 가서 기억을 읽어야 하나? 아니, 그럴 수는 없지.'

아직 그는 노형진이 사건을 담당하고 있다는 걸 모른다.

그런 상황에서 자신이 등장하면 분명히 의심할 것이다.

"재산을 한 푼도 인정하지 않을 정도로 큰 거라면 뭐가 있을까?"

"뭐, 범죄라도 저지르는 거?"

"그건 범죄이지 재산 기여분에는 영향을 못 줘. 준다고 해도 아주 미세하고."

"살인을 해도 결국 줄 건 줘야 한다 이건가?"

"그래."

물론 생활비 같은 부분에서 좀 더 불리한 면이 있겠지만, 크게 영향을 줄 것은 아니다.

"사기를 치거나 한 거?"

"그것도 무리야."

사기를 쳤다고 해도, 그걸 배상할 책임이 배우자에게 있는 것은 아니다.

"이혼의 기본적인 개념은 결국 당사자 간의 문제야. 당사자 간에 돌이킬 수 없는 치명적인 문제를 야기해야 한다는 건데……."

"뭐야? 딴 주머니라도 차야 하나?"

손채림의 말에 노형진이 피식 웃었다.

"내가 살다 살다 딴 주머니를 차다가 이혼했다는 커플은 들어 본 적이……."

순간 노형진의 머릿속을 스치는 생각이 있었다.

'지금까지는 없었지.'

하지만 지금까지 없었다고 해서 미래에도 없다는 말은 아니다.

회귀 전에 그 문제로 이혼한 커플이 있기는 했다.

여자가 딴 주머니를 찬 것이다.

"딴 주머니라…….'

"그걸 가지고 이혼한다고? 그거 얼마나 된다고?"

"얼마 안 된다면 그렇지. 하지만 큰돈이라면? 스케일을 한 번 바꿔 보자고."

"그게 무슨 소리야?"

"딴 주머니라는 게, 결국 배우자 몰래 돈을 빼돌리는 행위 잖아?"

"그렇지."

"하지만 일반적으로는 그냥 용돈이나 모으는 정도지."

용돈이나 술값 등 유흥 목적으로 몰래 돈을 모으는 것.

부부 사이에서 암묵적으로 인정되며, 일종의 애교로 받아들여지기도 하는 것.

"그 금액이 억 단위를 넘어간다면?"

"그게 무슨 딴 주머니야?"

"그래, 그렇지."

회귀 전 있었던 사건이 딱 그랬다.

남편 몰래 부인이 딴 주머니를 찼는데 단순히 수십만, 수백만 원 빼돌린 게 아니었다.

무려 3억 8천.

전 재산의 4분의 1을 야금야금 빼돌린 것이다.

"네 어머니가 그런 걸 빼돌리면 아무래도……."

신의성실의원칙으로 인한 귀책사유가 발생한다.

거기에다 재산을 빼돌리기 시작한 그 시점부터는 재산 형성의 기여분을 인정받지 못한다.

기여한 부분보다 빼돌린 부분이 더 많게 될 테니까.

"그렇게 된다면, 소송에서 10 대 0도 가능하지."

그때 그랬다.

그 사건을 노형진이 아는 이유는, 이혼소송에서 흔치 않게 10 대 0이라는 판결이 나왔기 때문이다.

결국 재산을 빼돌린 아내는 빼돌린 재산도 빼앗기고 도리어 피해 보상금까지 토해 내면서 쫄딱 망했다.

"하지만 우리 엄마가 빼돌려 봤자 얼마나 빼돌릴 수 있다고! 애초에 그럴 성격도 아니고, 설사 그런다고 한들 그게 얼마나 된다고?"

"네 어머니가 했다는 게 아니지. 그리고 금액이 수십수백억이라면?"

다른 사람이 했다면 이야기가 달라진다.

그리고 그런 횡령이라면, 빼도 박도 못 하고 독박이다.

"하지만 이미 조사했잖아?"

"그렇지."

이미 이혜선의 계좌는 다 조사했다.

"하지만 네 어머니가 아는 계좌만이지."

"응?"

"모르는 계좌라면?"

"금융실명제가 있잖아!"

"그걸 믿냐?"

"하긴……."

노형진의 말에 손채림은 한숨을 푹 쉬었다.

금융실명제 때문에 자기 계좌가 아니면 못 만들어야 정상이지만, 사실 부자들은 다 가짜 계좌를 가지고 있다고 봐도 무방하다.

어떤 법이든, 부자들은 그 법을 벗어날 방법을 가지고 있으니까.

"그러면 계좌마다 명의 추적을 해야 하나? 그런데 그게 가능할 리가 없잖아."

손채림은 문득 불안감이 들었는지 심각하게 고민했다.

진짜로 그런 상황이라면 분명히 문제가 될 테니까.

"글쎄……."

노형진도 고민했다.

한국 계좌를 조사하면 분명히 이름이 나올 것이다.

본인이 요청하는 셈이니까.

"문제는 그걸 손하균도 안다는 거야."

"그게 무슨 소리야?"

"손하균이 그걸 모를까? 그는 변호사야. 거기에다가 네가 말한 대로 금융실명제가 있지. 안 지켜도 그만이지만, 걸리면 참 골치 아픈 일이거든."

"그게 무슨 말이야?"

"나라면 다른 방법을 쓸 거야."

"다른 방법이라니?"

"조세회피지."

손채림은 입을 쩍 벌렸다.

하지만 생각해 보면 가능하다.

그곳은 금융실명제를 하는 곳도, 자신들이 조사한다고 뭐가 나오는 곳도 아니다.

그들이 증거를 내놓기 전까지는 절대 알 수가 없는 곳이다.

"설마······."

"설마가 사람 많이 잡지."

손하균이 과연 조세회피지를 모를까?

그가 해결한 사건이 몇 개인데?

그곳에서 계좌 만드는 법을 모를 리 없다.

그리고 그곳에 이혜선의 계좌 하나 만드는 건 일도 아닐 테고.

"의심스럽지만 확인은 해 봐야지."

"하지만 무슨 수로? 조세회피지가 괜히 조세회피지가 아니잖아."

"그렇지……. 하지만 그걸 아는 사람이 있지."

"누구?"

"네 아버지."

노형진은 씩 웃으며 말했다.

⚖

"어쩐 일이지?"

노형진이 찾아오자 손하균은 무심하게 말했다.

하지만 노형진은 그의 눈빛에서 자신감을 읽을 수 있었다.

'예상대로 돌아간다 이거겠지.'

그는 자신의 와이프와의 소송을 다른 변호사들이 거절할
것을 알고 있었다.

그리고 결국 노형진에게 갈 것을 알고 있었다.

자신의 예상이 맞아떨어졌으니 속으로 자신감을 가진 것
이다.

"인사차 찾아왔습니다."

"인사? 무슨 인사?"

"모른 척하시는 건가요, 아니면 진짜 모르시는 건가요?"

"무슨 소리인지 전혀 모르겠는데?"

모를 리 없다.

하지만 그는 아무런 말도 하지 않았다.

'녹음을 경계한다 이건가?'

노형진은 속으로 고개를 끄덕거렸다.

다른 사람도 아닌 그가 그리 허술하게 방심한다면 오히려 자신이 더 실망했을 것이다.

"이혼소송을 담당하게 되었습니다."

"그래? 누구의?"

"당신과 이혜선 씨의 이혼소송입니다."

"결국 아내가 소송을 하는군. 안타깝군. 어떻게 해서든 그 것만은 막으려고 했는데."

목소리에는 안타까움이 가득했지만, 표정은 전혀 안타까워하지 않는다.

역시나 녹음을 경계하는 것이다.

'하지만 쥐고 흔드는 건 당신만 할 수 있는 게 아니지.'

그는 아마 모든 일이 자신의 계획대로 돌아가고 있다고 생각할 것이다.

"이혼소송을 하는 것도 좋지만, 상대방이 누군지 알고 덤비는 게 좋지 않을까? 어린 변호사에게 해 주고 싶은 말이네만."

"상대방이 누구인지 알기 때문에 할 수밖에 없더군요."

"그렇다면 어쩔 수 없지. 권주를 거부하고 굳이 벌주를 선택한다니."

"애초에 저희 아버지한테 패배한 시점부터 권주를 주실 생각이 없었을 텐데요?"

"뭐?"

차갑게 돌변하는 손하균.

노형진이 여기에 온 이유.

그건 그를 뒤흔들기 위해서였다.

"선거에서 아버지한테 졌다고, 아직도 그걸 마음속에 담아 두고 있다고 하던데요?"

"당신 아버지가 그러던가?"

"우리 아버지는 당신 같은 인간, 기억도 못 합니다."

손하균의 눈초리가 파르르 떨렸다.

이런 식으로 모욕받은 경험이 없을 테니까.

"오래된 일이니까 그럴 만도 하지."

애써 태연이라는 가면을 쓰면서 본심을 감추는 손하균.

"저를 그렇게 싫어하는 이유를 상당히 오래 고민했지요. 고작 그런 이유 때문일 거라고는 상상도 못 했습니다."

"고작?"

"그럼 고작이지요. 무슨 대선도 아니고, 고작 학교의 학생 회장 선거일 뿐인데."

노형진은 새어 나오는 웃음을 참을 수 없다는 듯, 계속 피식피식 웃으며 말했다.

그리고 이야기를 듣는 내내 손하균은 눈을 꿈틀거렸다.

"그런 말로 나를 흔들러 온 거라면 쓸데없는 짓이라는 사실을 알려 주고 싶군."

"그러면 당신이 이혜선 씨 이름으로 가진 차명 계좌는 어떨까요?"

"무슨 계좌?"

"당신의 차명 계좌 말입니다."

노형진은 그 말을 하면서 그의 어깨를 툭툭 털었다.

"이런, 먼지가 묻었네요. 아, 비듬인가요?"

찰나의 순간이지만, 이 순간 그가 무슨 생각을 하는지 읽어 내는 것은 어렵지 않았다.

"케이맨제도에 넣어 둔 100억에 관해서 말입니다."

"무슨 소리야? 나는 모르는 돈이야. 100억이라니?"

"그래요?"

노형진은 태연하게 말하는 그를 보면서 속으로 욕을 했다.

'개자식, 한두 푼도 아니고, 100억이나 빼돌린 거냐?'

이혼에 대비해서 그녀의 이름으로 빼돌린 100억.

만일 이게 드러난다면 그녀는 외환관리법 위반으로 처벌을 면치 못한다.

아마도 그가 최대한 힘써서, 최고로 강한 처벌을 받을 수 있게 하겠지.

'무서운 놈이군.'

단순하게 이혼이 끝이 아니었다.

탈세와 외환관리법 위반 그리고 기타 법률 위반으로 아내를 감옥에 보낼 준비까지 끝낸 것이다.

"무슨 말인지 난 전혀 모르겠군."

"그래요?"

"그래. 아내한테 100억이나 있던가?"

"아니요. 제가 다른 사건이랑 착각한 모양이네요."

노형진은 피식 웃었다.

"전 그럼 이만 가 보겠습니다."

노형진은 악수를 하기 위해 손하균에게 손을 내밀었다.

"고작 그 말을 하러 온 건가?"

"뭐, 제가 착각한 거라고 하니 더 있을 이유는 없지 않습니까?"

노형진은 더 이상 아무 말 하지 않았다.

손하균은 순간 당황하는 듯했지만 이내 마음을 추슬렀다.

"다음번에는 재판정에서 보겠군."

"그럴 겁니다."

노형진은 고개를 끄덕거렸다.

"기대하겠습니다."

⚖

"그동안 저희가 잘못한 부분에 대해 사과드리고자 합니다."

노형진은 씩 웃으며 말했다.

눈앞에 있는 남자는 탐욕의 눈빛을 숨기지 않고 이었다.

"말뿐인 사과라면 곤란합니다. 아무리 개인의 사건을 해결하기 위해서라고 하지만, 국가의 감시망을 이용하다니요."

"이용하려고 한 게 아니라, 도주를 하다 보니 어쩔 수 없이 그렇게 된 겁니다."

노형진을 만나고 있는 사람.

그는 다름 아닌 현 대통령의 비서실장이었다.

그는 지난번에 있었던 중국인 기습 사건에 대해 노형진에게 뭐라고 하고 있었다.

'그래도 덕분에 이것저것 운이 좋았지, 뭘.'

노형진은 속으로 상대방을 조롱했다.

한국은 그 사건으로 중국에서 적지 않은 정치적인 이득을 챙겼다.

물론 조사하면서 그들이 뭘 노렸는지, 왜 노렸는지가 드러나 진실이 알려지기는 했지만 말이다.

'그걸로 은근슬쩍 프락치 건을 묻어 버렸으면서.'

한국 사람들은 외세에 저항하는 성향이 강하다.

어찌 되었건 현직 대통령이 중국 쪽에 습격을 받았다는 것.

그건 사람들이 뭉칠 만한 구실이 되었고, 현 정권은 그걸 잘 이용해서 짭짤하게 이득을 얻었다.

"그래도 그 당시에 각하께서 얼마나 놀라셨는지 아십니까?"

"압니다. 그래서 저희가 이런 식으로 사과드리는 거 아닙니까?"

"사과드릴 사람은 제가 아니라 각하입니다."

"하지만 제가 직접 각하를 만날 수는 없지 않습니까?"

노형진은 차분하게 말했다.

"각하께서 만나는 걸 그다지 좋아하지 않으십니다."

"알고 있지요. 그러니 비서실장님께서 제 사과를 각하에게 전해 주셨으면 합니다."

노형진은 그렇게 말하며 고개를 숙였다.

승리를 위해서라면 천 번 만 번이라도 고개를 숙일 수 있으니까.

"제 사과를 받아 주신다면, 그에 대한 배상을 해 드리겠습니다."

"사과를 받아 준다면요?"

"각하의 심기를 어지럽혔으니 배상해 드리는 게 당연한 거 아니겠습니까?"

노형진은 미소를 지으며 말했다.

그러자 비서실장은 알 듯 말 듯 한 미소를 흘렸다.

"그런 충성심이라면 우리도 환영입니다."

"아무래도 큰일을 하시려면 여러모로 힘드실 수밖에 없지요. 그런 분의 심기를 어지럽혔으니⋯⋯."

"아무래도 좀 놀라기는 하셨지요."

고개를 끄덕거리는 비서실장.

"그래서 말인데, 제가 각하께 소정의 사죄금을 기탁하고 싶은데 가능하겠습니까?"

"사죄금이라 하시면?"

"큰일을 하시다 보면 여러모로 돈이 들어가기 마련 아니겠습니까?"

노형진의 말에 상대방은 약간 의심하는 눈이 되었다.

물론 노형진은 손을 흔들었다.

"아이고, 의심은 하지 않으셔도 됩니다. 말 그대로 사과의 의미입니다. 무슨 뜻이 있는 것도 아니고요."

"그렇다면……."

"얼마 되지 않는 돈이기는 하지만, 말 그대로 사죄의 의미입니다. 그리고 지금까지의 저희의 잘못을 용서해 주셨으면 하는 마음도 있구요."

"흠……."

비서실장은 뭔가 알 것 같다는 표정이 되었다.

새론은 지금까지 전 여당이자 현 야당인 자유신민당과 많이 척지고 있었다.

대놓고 척진 것은 아니지만, 은근슬쩍 반대쪽에 있는 사건을 많이 담당했다.

그런 만큼 혹시 모를 보복을 막고 싶다는 뜻이리라.

"단순히 그런 겁니까?"

"그럼요. 저희들의 순수한 마음을 믿어 주십시오."

"흠……."

"진심인지 아닌지는, 받아 보면 아실 겁니다."

그 말은 적은 돈이 아니라는 소리다.

당연하게도 비서실장은 눈을 반짝거렸다.

"좋습니다. 그쪽 말을 믿어 보지요."

새론이 적대적인 쪽에 있다고 하지만 지금 대통령은 취임한 지 얼마 되지 않은, 살아 있는 권력이다.

쓸데없는 장난을 친다면 새론 정도는 순식간에 날려 버릴 수 있다.

"감사합니다."

"사과는 적당히 하세요. 보기 안 좋습니다."

그러면서 손을 내미는 비서실장.

노형진이 그 손을 마주 잡자, 비서실장의 손안에서 작은 종이의 감촉을 느낄 수 있었다.

"바빠서 그럼 이만."

짧은 만남을 마친 그가 나가고 잠시 후, 문이 열리면서 손채림이 안으로 들어왔다.

"이거 참 재미있네."

"뭐가?"

"네 돈도 아닌데 온갖 폼은 다 잡네."

"수수료라고 생각하라고."

노형진은 피식 웃었다.

"그런데 이 돈을 대통령한테 보낸다고 해서 그들이 이 사건에 손써 줄까?"

"안 써 주지."

청탁한 것도 아니고 그냥 돈만 보낸 것이다.

"뭐, 100억 중에서 30억은 날리는 셈이지만."

"그래도 남은 게 어디야. 그거 확실하게 남길 수 있는 거지?"

"그럼."

노형진은 자신 있게 말했다.

"솔로몬제도라……. 역시."

다른 사람도 아닌 대통령이, 그것도 프락치로 불리는 현직 대통령이 비밀 계좌 하나 없을 리 없다.

"이쪽으로 30억만 보내."

"그 후에는?"

"보면 돼, 후후후."

⚖

"재판장님, 피고 측은 원고의 카드 사용 내역을 기반으로 원고가 불륜을 하고 있다고 주장하고 있습니다."

한국에서 이혼소송은, 귀책사유가 있는 사람은 신청할 수가 없도록 되어 있다.

그래서 자연스럽게 원고인 노형진과 이혜선은 공격을, 피고인 손하균은 방어를 하게 되었다.

"재판장님, 하지만 이 기록을 봐 주시기 바랍니다. 해당 카드 내역에 주기적으로 모텔 이용 기록이 찍혀 있습니다."

"그 당시에 원고는 집에 있었습니다."

"증명할 수 있습니까?"

"혼자 있었으니 증명할 수는 없지요. 하지만 재판장님, 이 사실은 억울합니다. 보다시피 해당 카드는 다른 곳에서 거의 동시에 무려 1억 5천이 사용되었습니다. 이 말은, 카드가 복제되었을 가능성이 높다는 뜻입니다. 누군가가 복제된 카드를 모텔에서 사용한 걸로 불륜으로 몬다면, 결국 죄를 뒤집어쓰는 꼴밖에 되지 않습니다!"

"음……."

손하균의 변론을 담당한 변호사는 다소 곤란한 얼굴이 되었다.

그는 전관, 그것도 무려 대법관 출신이었다.

그런 그가 고작 이혼소송을 한다는 건 말도 안 되는 소리였지만, 그가 나선 이상 이기는 것은 어려운 일이 아닐 거라 생각했다.

하지만 처음부터 쉽지 않았다.

"복제된 카드라는 증거 있습니까?"

"복제된 카드가 아니라면 어떻게 5분 간격으로 각 지역에서 사용되었겠습니까? 부산에서 사용되고 그다음에는 대구,

그다음에는 광주에서 사용되었습니다. 그렇게 무려 1억 5천 이라는 돈이 빠져나갔습니다. 이건 논리적으로 복제 카드가 아니면 불가능합니다."

하지만 전관으로서 그가 가진 실력도 만만치 않았다.

"그 부분은 인정합니다. 하지만 복제되었다고 해도, 그건 사용된 내역이 결국은 카드깡으로 의심되는 고액의 출금뿐 입니다. 그런데 모텔은 정기적으로 사용된 소액입니다. 그런 만큼, 소액으로 사용된 모텔비는 복제 카드일 가능성이 낮습 니다."

"재판장님, 어떤 여자가 자기 카드도 아닌 남편의 카드로 모텔비를 결제합니까? 설사 결제한다고 해도, 일반적으로 남성이 결제하지 여자가 결제하지는 않습니다."

"그건 상황에 따라 다르지요. 나이 많은 여자가 나이 어린 남자를 만날 때는 충분히 여자가 결제할 수도 있습니다. 그 리고 해당 모텔의 영상을 확인하여 주시기 바랍니다."

아나나 다를까, 상대방은 모텔에서 수거한 영상을 증거로 제출했다.

물론 노형진은 이미 알고 있었다.

원한다면 그걸 없애는 것은 어렵지 않았다.

하지만 노형진은 더 큰 것을 노리고 있었기에 그냥 방치했다.

"보다시피 해당 카드를 사용하는 영상을 보면, 원고가 안 으로 들어가는 것이 보이지요?"

키에서부터 외모 그리고 입고 있는 옷까지, 모두 이혜선처럼 보이는 사람이 안으로 들어가는 것이 보였다.

그리고 그걸 보고 손채림과 이혜선은 얼굴이 딱딱하게 굳었다.

설마 진짜로 그걸 가지고 올 줄은 몰랐기 때문이다.

"보다시피 원고는 해당 모텔에서 다른 남자를 만났습니다."

"재판장님, 이렇게 모텔에서 촬영되고 있다는 사실을 알고 있는데 자신임을 알아볼 수 있는 옷을 입고 간다는 것이 이해가 가십니까?"

노형진은 애써 변명하는 듯했다.

"더군다나 이 영상에서 보다시피, 결제를 하는 것은 여자가 아닌 남자입니다. 상식적으로 남자가 카드를 사용했다는 것은 그 카드가 본인의 카드라는 뜻입니다. 그런데 그 모텔에서 사용 기록이 나왔으니, 복제 카드일 수밖에 없습니다."

"재판장님, 가끔 여성들은 남성의 자존심을 세워 주기 위해 자신의 카드를 넘겨서 직접 결제하게 해 줍니다. 그리고 애초에 일반 모텔에서, 복제 카드를 받으면 그에 따른 처벌이 있는 걸 알면서도 받아 줄 리 없지 않습니까?"

철저하게 준비하고 공격을 하는 변호사.

"결과적으로 이번 사건에서 원고가 바람피운 것은 감출 수 없습니다."

"하지만 아까도 말했듯이, 원고가 피고의 카드를 가지고 있다곤 하나 현금이 없는 것도 아닌데 바람피우는 현장에서 카드로 결제한다는 건 말이 되지 않습니다."

"피고는 원고의 인격적 삶을 보장하기 위해 카드 내용을 문자로 수신받지 않습니다. 그걸 악용한 겁니다. 이는 명백한 신의성실의원칙 위반입니다."

노형진의 예상에서 한 치도 벗어나지 않는 상황.

재판의 흐름을 주시하던 노형진은 재판장에게로 시선을 돌렸다.

"재판장님, 이 사실은 확실하게 지적하고 넘어가야 할 듯합니다. 그 당시에 현장에 있던 사람을 증인으로 요청하는 바입니다."

노형진의 말에 판사는 고개를 끄덕거렸다.

기껏해야 모텔 주인이 올 거라 생각했기 때문이다.

그런데 노형진의 옆에 있던 여자, 즉 이혜선이 일어나서 증인석으로 올라가는 게 아닌가?

"어?"

"뭐지?"

상황이 이해가 가지 않은 사람들은 어리둥절했다.

그에 반해 손하균은 얼굴이 살짝 굳었다.

아까 전까지는 몰랐다.

옆자리에 있었고, 얼굴을 숙이고 있었으니까.

하지만……

"본인 이름이 뭡니까?"

"박하연입니다."

"뭐? 잠깐, 아까 이혜선이라고 했잖아?"

"지금까지 원고석에 있었잖아? 그런데 뭐야, 이거?"

어리둥절한 사람들.

심지어 판사조차 당황했다.

"원고 측 변호인, 이게 무슨 일이지요?"

"박하연 씨는 저 영상에 찍혀 있는 본인입니다. 누군가의 부탁을 받고, 이혜선 씨와 똑같은 옷을 입고 저곳에 갔습니다."

"말도 안 됩니다!"

"말이 됩니다. 지금 박하연 씨가 입고 있는 게 바로 그 옷이니까요. 시가 500만 원이 훨씬 넘는 옷입니다. 이 옷을 단순히 누군가가 선물했을까요?"

판사는 당혹스러운 표정으로 손하균 측을 바라보았다.

"박하연 씨, 박하연 씨는 해당 현장에 있었나요?"

"네……."

박하연은 이미 포기한 듯 고개를 숙였다.

단돈 몇 푼에 끼어들었던 일이 너무 무서운 일이 되었기 때문에, 차마 거짓말할 자신이 없었다.

"이 옷은 누가 사 준 건가요?"

"아는 사람이, 이 옷을 입고 다른 남자와 함께 해당 모텔로 가라고 했어요."

"박하연 씨, 죄송하지만 선글라스를 벗어 주시겠습니까?"

박하연은 쓰고 있던 커다란 선글라스를 벗었다.

"자, 그러면 이혜선 씨. 앞으로 나와 주시겠습니까?"

맨 뒤에서 손채림과 같이 있던 이혜선이 일어났다.

그녀가 일어나자 모두의 시선이 그쪽으로 쏠렸는데, 다들 당혹감을 감추지 못했다.

"어?"

"뭐야?"

두 사람은 놀랄 만큼 닮아 있었다.

다른 것은 옷 정도였다.

오늘 이 퍼포먼스를 위해 이혜선이 새로운 옷에 모자까지 쓰고 와서 다들 몰라봤던 것이다.

"이게 무슨……?"

"보다시피 이혜선 씨와 박하연 씨는 놀랄 만큼 닮아 있습니다. 그리고 박하연 씨는 누군가의 부탁을 받고 현장으로 갔습니다. 그 '누군가'를 조사하는 것이 중요한 사항이라고 보입니다."

노형진이 말을 하는 동안에도 사람들은 두 사람의 얼굴을 번갈아 보느라 정신이 없었다.

가까이에서 자세하게 들여다보면 알아볼지 모르겠지만, 좀 떨어진 곳에서 보면 누가 봐도 동일인이라고 할 정도로 닮아 있었다.

"이게 어떻게 된 겁니까, 피고?"

"이런 걸 촬영용 화장이라고 합니다."

"촬영용?"

"그렇습니다. 영화나 드라마 촬영 현장, 특히 액션 같은 경우는 대역이나 스턴트맨이 주인공의 역할을 대신하는 경우가 많습니다. 문제는, 너무 다른 사람이라면 영화에서 티가 난다는 것입니다."

"그건 그렇지요."

"그 경우 화장은 특정 인물을 닮도록 합니다. 어려운 화장 기술이지만, 분명 존재하는 기술입니다."

그래서 영화에서 마른 남자가 여자를 대신해서 촬영하는 경우가 있을 정도로 그 기술은 뛰어난 편이었다.

"가까이서 보면 모르겠지만 원거리, 특히 피고가 제출한 저해상도의 영상 같은 경우는 촬영용 화장으로 얼굴을 가린다면 본인이라도 충분히 속일 수 있습니다."

"흠……."

판사는 곤혹스러운 듯 손하균 측을 바라보았다.

'그래, 미리 이야기가 되어 있겠지.'

하지만 그랬다 해도, 이런 증거가 나올 거라고는 생각하지 못했을 것이다.

"재판장님, 그리고 다음으로, 현장에서 카드를 이용하여 결제한 남자를 증인으로 신청합니다."

"……."

손하균의 얼굴이 딱딱해졌다.

여자가 나오는 순간부터 각오는 했다.

남자와 여자는 같이 잡혔을 테니까.

하지만 여전히 긴장한 듯했지만 얼굴에 걱정하는 기색은 보이지 않았다.

"증인, 증인은 현장에서 복제 카드를 이용해서 결제한 게 사실인가요?"

"네……."

"그 카드는 어떤 사람에게 얻었나요?"

"그건……."

"증인, 진실을 말하지 않으면 위증죄로 처벌받습니다."

"그건 흥신소 직원에게서 받았습니다. 저기 박하연이라는 분과 모텔에 가서 결제할 때 쓰라고……."

그가 증언을 하기 시작하자 재판정의 분위기가 확 바뀌었다.

지금까지는 빼도 박도 못 하는 증거였던 것이, 사실은 조작된 증거라는 것이 드러난 것이다.

"피고 측, 이에 대해 할 말이 있나요?"

"저희는 전혀 몰랐습니다."

"그래요?"

모를 리 없다.

하지만 판사는 더 이상 묻지 않았다.

누가 봐도 조작인데 말이다.

"이번 증거에서 보다시피, 그 영상은 누군가에 의해 조작된 것입니다. 그 조작을 한 당사자를 잡는 것이 중요하다고 생각합니다."

"재판장님, 저희는 반대로 생각합니다. 그 영상을 본 원고 측이, 재판을 호도할 목적으로 비슷한 사람을 데리고 온 것이 아닐까요?"

"저희는 그 영상을 지금 처음 봤는데요."

"현장에 가서 봤을 수도 있지요."

하지만 역시나 상대방 변호사는 쉽게 놔주지 않았다.

의심에 의심을 더하면서 진흙탕 싸움으로 몰고 가려고 했다.

"영상이 조작되었다는 것은 확실하지 않습니다. 하지만 합리적 의심이 있는 만큼, 해당 증거는 배제하는 게 맞다고 생각합니다."

판사 역시 은근슬쩍 손하균 측을 편들어 줬다.

만일 여기서 조작되었다는 게 인정되면 당장 손하균에게 이혼의 과실책임이 넘어가기 때문이다.

'역시나 그렇겠지.'

그럼에도 불구하고, 노형진은 별말을 하지 않았다.

'하지만 과연 너희가 이길 수 있을까?'

그저 속으로 씩, 미소 지을 뿐이었다.

"손하균! 이게 지금 뭐 하는 짓인가!"

손하균을 담당하는 변호사는 불같이 화를 냈다.

이게 무슨 개쪽이란 말인가?

아무리 손하균이 힘을 가지고 있다고 하지만, 스스로 변론 하는 것은 좋아 보이지 않는다.

그래서 그가 나선 것이다.

그런데 조작된 증거라니.

"죄송합니다, 선배님."

"지금 이게 죄송으로 될 문제야!"

증거가 조작되었다는 사실은 한눈에 알 수 있었다.

그나마 합리적 의심 어쩌고 하면서 무마하기는 했지만 바 보도 아니고, 다른 사람들이 어떤 식으로 볼지 뻔했다.

"걸리지 않는다며!"

"아무래도 노형진을 너무 만만하게 본 모양입니다."

"만만? 만만? 지금 내가 그 때문에 이런 창피를 당해야 한 다는 건가!"

"주의하겠습니다, 선배님."

"끄응……."

그는 신음만 내고 더 이상 말하지 않았다.

이 이상 뭐라고 해 봤자 그 자신에게 좋을 게 없으니까.

그가 손하균의 선배이기는 하지만 법률계에서 손하균의 힘이 그 자신을 훨씬 능가하니 어쩔 수 없었다.

"그나저나 이제 어쩔 건가?"

여러모로 공격했지만 제대로 들어간 게 하나도 없었다.

합리적 의심이라는 이름하에 증거가 불인정되어서 창피함은 덜했지만, 당연히 불륜 역시 인정되지 않는다.

그 이후에 그녀의 오빠에 대한 공격도 했지만, 그건 원고가 모르는 상태에서 빌려준 돈이라는 것 때문에 큰 문제가 안 된다.

딸에 대한 공격 역시 애매한 것이, 딸을 제대로 키우지 못했다고 주장하기에는 그녀가 내놓은 재산 기록이 적지 않았다.

물론 제대로 된 교육을 하지 못했다면 문제이지만, 스스로 자신의 길을 갈 성인 여성의 책임을 그 어머니에게 물을 수는 없었다.

"걱정하지 마십시오. 확실하게 엮어 버릴 게 있습니다."

"엮어 버릴 거?"

"그녀가 빼돌린 돈이 있습니다."

"뭐?"

"그녀가 비밀 자금으로 100억쯤 빼돌린 게 있습니다."

변호사는 눈을 부릅떴다.

말도 안 되는 소리이기 때문이다.

100억이라니, 아무리 손하균이 부자라고 하지만 그 정도 돈을 빼돌리는 게 쉬울 리 없다.

더군다나 자신이 아는 그녀는 그런 일을 저지를 능력이 되지 않는다.

멍청한 건 아니지만, 그런 쪽으로는 관련이 없는 삶을 살았다.

"확실한 건가?"

"네, 확실한 겁니다. 그들도 그걸 반격하지는 못할 겁니다."

손하균은 희미한 미소를 지었다.

'너희들이 안다고 해도, 어쩔 건데?'

그 비밀번호는 자신만 안다.

그리고 그 돈을 그녀의 한국 계좌를 거쳐서 넣었다.

누가 봐도 그녀가 빼돌린 돈이다.

'그 녀석이 이야기를 꺼낸 게 이상하기는 하지만…….'

하지만 이건 아무리 알고 있다고 해도 방어할 수 있는 성질의 무기가 아니었다.

개설자 정보를 거기서 줄 리 없으니까.

결국 그녀의 명의만 나올 뿐.

"문제 될 것은 없습니다. 해당 계좌를 추적하시면 됩니다."

"자네가 그렇다면 그렇겠지."

변호사는 고개를 끄덕거렸다.

그가 아는 손하균은 절대 물러 터진 사람이 아니었다.

손하균이 일을 얼마나 깔끔하게 처리하는지는 누구보다

잘 알았다.

⚖️

벌컥!

문이 열리면서 한 무리의 사람들이 판사실로 몰려들어 왔다.

서류를 보고 있던 판사는 깜짝 놀랐다.

"당신들 뭐야!"

"감찰부에서 나왔습니다."

"가…… 감찰부?"

"다 담아!"

판사는 정신이 아찔했다.

몇 번이나 보아 온 모습이다.

보통은 자신이 시키는 쪽으로 말이다.

"아니, 이게 무슨 일입니까? 무슨 오해가 있는 거 아닙니까?"

"오해는 없습니다. 많이도 해 처먹었더만요."

사색이 되는 판사.

그는 침을 꿀꺽 삼켰다.

"그, 그게…… 아니, 오해……."

"오해는 수사 끝나고 풀면 됩니다. 현 시간부터 직위 해제합니다."

그는 정신이 아득해졌다.

'찍혔다.'

뭔지 모르지만, 자신은 위에서 찍혔다.

그리고 그걸 풀 생각이 상부는 없다는 것을 알 수 있었다.

미래에 검은 먹구름이 끼는 것을, 그는 멍하니 바라볼 수밖에 없었다.

"⋯⋯."

덜덜 떨고 있는 변호사.

그는 손하균의 이혼소송을 책임지는 사람이었다.

하지만 지금 이 순간, 그는 손하균이 눈앞에 있다면 당장이라도 패 죽이고 싶었다.

"이 계좌, 어디서 얻었지?"

검은 양복을 입고 나타난 남자들.

국정원에 의해 모처로 끌려온 그는 한참 두들겨 맞고 나서야 입을 열 수 있었다.

아니, 입을 열 기회를 달라고 빌고 빌어서 기회를 얻을 수 있었다.

"그건 손하균이 조사해 달라고 했습니다."

"손하균?"

"네, 손하균입니다."

"어째서?"

"그게, 아내가 뒤로 빼돌린 자금이라고……."

"확실한가?"

"그게……."

"잘 말하는 게 좋을 거야."

남자의 말에 변호사는 침을 꿀꺽 삼켰다.

아무래도 제대로 독박이 걸린 게 분명했다.

"아무래도 자기가 빼돌린 것 같습니다."

"그게 무슨 소리지?"

"사실은……."

그는 손하균이 지금 벌이고 있는 일에 대해 상세하게 나불거렸다. 아무리 돈이 좋고 인맥이 좋아도, 당장 목숨이 가장 중요하니까.

더군다나 상대방은 국정원이다.

자신을 사회적으로 죽여 버리려고 한다면 숨도 안 쉬고 할 수 있는 자들.

"허."

국정원장은 어이가 없었다.

하지만 이미 상부에서 답은 내려온 상황.

"지금부터 입을 다문다. 알았나?"

"네?"

"이 사건을 최대한 빨리 무마시켜. 딱 일주일 주지. 그 안에 처리가 안 되면, 그다음에 처리되는 건 네놈 인생일 거야."

격하게 고개를 끄덕거리는 변호사.

"그리고 이 계좌는 존재하지 않는 거다. 알았나?"

"네?"

"두 번씩 말해 줘야 알아들을 정도로 기억력이 안 좋으면 슬슬 죽을 때가 된 거 아닌가?"

"아니, 제가…… 머리가 나빠서, 무슨 계좌를 말씀하는지 잘 모르겠습니다."

잽싸게 말을 바꾸는 변호사의 태도에 국정원 요원은 흡족한 표정이 되었다.

"그러면 믿도록 하지."

그들은 다시 변호사에게 두건을 씌우고 강제로 차에 태웠다.

그리고 그가 차에서 내팽개쳐진 후 일어났을 때, 그는 어딘지 모를 국도 변에 서 있었다.

"푸하!"

그는 두건을 벗어 던지면서 이를 박박 갈았다.

"손하균! 이 개자식아!"

그의 분노가 하늘을 찌르고 있었다.

"그 인간이 그렇게 창백한 거 처음 봤어."

손채림은 판결문을 보고 혀를 내둘렀다.

길게 갈 줄 알았던 사건이다.

그런데 뜬금없이 판사가 바뀌고 바로 종결될 줄이야.

판결문은 5 대 5, 즉 재산을 똑같이 나누라는 것이었다.

"건드려서는 안 되는 걸 건드렸으니까."

노형진은 실실 웃었다.

"그 계좌 말이지?"

"응."

사실 그 계좌에 대한 반격은 거의 불가능했다.

자기 계좌가 아니라고 주장한다고 한들, 이혜선으로 되어

있는 명의를 바꿀 수는 없으니까.

"하지만 이혜선 씨는 정작 그 돈을 건드리지 못하지."

결국 이혼소송에서 진 후 판결문을 가지고 그들은 그 돈을

찾으면 그만이었다.

그리고 이혜선은 외환관리법 위반으로 처벌받을 테고 말

이다.

"머리는 참 잘 썼어. 진짜 꿈에도 생각하지 못했다."

불륜 조작은 예상했지만 해외 계좌라니.

다른 건 몰라도 손하균의 능력만큼은 인정할 만했다.

"그런데 비밀번호는 어떻게 안 거야?"

"그건 비밀이야."

노형진은 손가락을 까딱까딱 흔들었다.

기억을 읽을 수 있을 수 있다고 솔직하게 말할 수는 없으니까.

"음…… 아깝기는 하다. 나 같으면 그 돈 빼돌리겠다."

"그러면 졌겠지."

노형진은 어깨를 으쓱했다.

"100억을 빼돌릴 수는 있겠지. 하지만 그러면 저들의 말대로 되는 거야. 재산을 빼돌린 셈이 되는 거니, 당연히 통째로 털리겠지."

그렇다고 해서 놔두면 결국 그들이 가지고 갈 돈이다.

"일반적인 경우라면 절대로 해결할 수도, 부정할 수도 없는 증거야."

자신들이 해당 은행에 요구해도 본인이 만들었다는 말밖에 안 나올 테니까.

"하지만 그 계좌를 건드릴 수 없다면 이야기가 달라지지."

노형진은 히죽 웃으며 말했다.

"우리는 그 계좌에서 30억을 대통령의 계좌로 보냈어. 그러면 어떻게 될까?"

"관리 대상이 되겠지."

"빙고."

한두 푼도 아닌 30억이나 받았으니 그쪽에서는 당연히 신이 났다.

그런데 갑자기 법원에서 해당 계좌를 조사해 달라는 요구를 하니 청와대에서 난리가 난 것이다.

그리고 그걸 막기 위해 움직일 수밖에 없다.

"두 번이나 이용당하다니, 큭큭."

"그래도 이번에는 돈이라도 챙겼잖아."

"그건 그래."

청와대에서 그걸 파고들고 주변을 압박하기 시작하자, 제 아무리 손하균이라도 당황할 수밖에 없었다.

아무리 그가 힘이 있다고 해도, 현직 대통령을 이길 수는 없으니까.

"그래서 손하균이 싸우지도 않고 그냥 포기한 거야?"

"그럴 거야. 지금 상황에서 길게 싸우면 도리어 자신이 더 불리해지니까. 정치권에서 그를 노리게 되겠지."

그러니 사건을 아예 없는 것으로 만들어야 한다.

하지만 이쪽에서 소를 취하하거나 합의하지는 않을 테니, 결국은 최대한 빨리 재판을 끝내는 것밖에 방법이 없었다.

"그 인간이 그렇게 당황하는 걸 보게 될 줄은 몰랐어, 큭큭."

어떠한 경우에도 놀라는 모습을 보여 준 적이 없던 손하균이 허둥지둥하는 걸 본 손채림은 속이 다 시원해진 느낌이었다.

"그래도 재산을 나누는 게 문제네."

"그래도 많이 가지고 오지는 못할 거야. 이제 네가 알아서 해야겠지만."

"응?"

"네 어머니 차명 계좌를 만든 게 그 인간이라는 걸 잊지 마."

"아…….."

그렇다면 자신의 계좌도 가지고 있을 게 뻔했다.

"더군다나 그 녀석은 이혼을 미리 준비했어."

"그러면…….."

"아마 현금화할 수 있는 것은 대부분 차명으로 옮겨 놨겠지."

"큭, 개자식."

"어쩌겠어?"

그는 그게 드러날까 봐 5 대 5라는, 그의 입장에서는 굴욕적인 판결문을 받아들일 수밖에 없었던 것이다.

"그러니까 그쪽이랑 이야기해서, 법무 법인 태양의 지분을 팔겠다고 해."

"뭐?"

손채림은 깜짝 놀랐다.

이혜선이 가진 지분은 적지 않다.

그런데 그걸 팔라니?

"어째서?"

"일단 그 지분은 묶여 있을 때 힘을 발휘해."

하지만 절반으로 나뉘게 된다면 그 힘이 확 줄어든다.

당연히 태양에 영향을 끼치지 못한다.

"하지만 손하균은 그게 아니더라도 영향을 끼칠 수 있는 자리에 있다는 게 문제야."

이것이 법이다

그러니 실질적인 타격은 적다.

지금 상황이 다급해서 꼬리를 말고 있기는 하지만, 결국 그는 이겨 낼 것이다.

노형진이 준 30억, 그 이상을 주는 게 어렵지 않은 인간이 니까.

"그러니 최고가를 줄 수 있는 지금 파는 게 차라리 나을 거야."

"최고가를 줄 수 있는 지금?"

노형진은 고개를 끄덕거렸다.

"지금부터 태양을 지워 버릴 테니까."

자기 인생도 통제 못하는 것들이?

　노형진의 친구들은 대부분 평범한 삶을 사는 사람들이다.

　하지만 그 안에서도, 재벌은 아니지만 여유로운 삶을 살아
가는 사람도 있다.

　물론 그들이 성격이 나쁘거나 재벌처럼 남을 깔보는 삶을
살아가지는 않는다.

　그러나 그들은 다른 사람들과 다르다.

　삶이 다른 게 아니다.

　그들은 상대방의 공격에 대항할 수 있는 충분한 힘이 있다.

　"그래서 소송을 하겠다고?"

　"어."

　"돌았냐?"

"빡쳐서 그래! 빡쳐서!"

"그런 걸로 빡쳐서 소송하면, 우리나라 사람들 대부분은 소송으로 먹고살겠다."

노형진은 혀를 끌끌 찼다.

별거 아닌 걸 가지고 와서 소송을 하겠다니?

"씨발, 그거 300만 원짜리라고."

"그거 현물가로 인정 안 된다만?"

"알아, 안다고, 씨발! 그런데 그 새끼들이 맞들렸잖아. 내가 뭐 나쁜 짓을 한 것도 아니고."

"그거야 그런데…….."

"좀 맘 편하게 살겠다고 시작한 일인데 이게 지금 뭐 하는 짓거리냐고."

"다른 걸 해."

"더러워서 접기는 하는데, 그냥은 못 접는다. 씨발놈의 새끼들."

노형진은 머리를 긁적거렸다.

친구 녀석은 집안이 제법 산다.

그래서 그는 집안에서 개업시켜 준 제법 큰 PC방으로 충분히 먹고살고 있다.

아르바이트생을 써서 그다지 할 일도 없기는 한데…….

"그렇다고 해서 소송이라…….."

"나쁜만이 아니니까 그러지."

"네가 그렇게 정의로운 마음으로 소송하는 건 아니잖아?"

"넌 뭐, 정의로워서 변호사 하냐?"

"응."

"지랄."

"하여간 좀 애매하기는 하네."

노형진은 머리를 긁적거렸다.

친구가 의뢰하고자 하는 것.

그건 게임 내 플레이에 대한 소송이었다.

"내가 그 장비를 떨군 건 상관없어. 까짓거, 일주일이면 버는 돈이야."

"얼씨구. 그래, 니 똥 칼라 파워다."

"그건 또 몇 년 전 말투냐?"

"아, 그런 게 있어. 그런데 뭐?"

"씨발, 게임 좀 하자고, 게임."

그가 화를 내는 이유는 두 가지 때문이었다.

첫 번째는 자신이 떨군 아이템에 대한 보상.

물론 아이템이 아깝기는 하지만, 그래도 그건 어느 정도 인정할 수 있는 수준이다.

게임을 한두 번 해 본 것도 아니니, 그렇게 떨구는 것도 결국은 운 문제라는 걸 아니까.

문제는 두 번째다.

"씨발, 지들만 게임하냐?"

실질적으로 그가 화내는 가장 큰 이유.

그건 다름 아닌 사냥터 통제였다.

"사냥터 통제라……."

"게임을 자기들만 하냐고. 장난해?"

"하긴……."

노형진은 머리를 북북 긁었다.

사냥터 통제.

오래전부터 이야기는 들어 보기는 했다.

하지만…….

'당해 본 적은 없단 말이지.'

노형진이 하는 게임들 중에는 그런 게임이 없었다.

그가 온라인 게임을 즐겨 하는 편도 아니고, 그나마 하던 온라인 게임도 그러한 통제가 끼어들 여지가 없는 타입이었다.

당장 세상도 머리 아파 죽겠는데 게임에서도 정치질하고 싶은 생각은 눈곱만큼도 없었으니까.

"요즘 아예 게임을 못 한다고."

"그 정도야?"

"당연하지. 얼마나 막장인데."

"회사는 그걸 왜 놔두는데?"

"회사에서는 개인 간 분쟁은 관여하지 않는다는 그 소리 하나뿐이지."

"그래?"

"그래."

"쩝."

노형진은 머리를 긁적거렸다.

확실히 어이가 없는 사건이기는 한데…….

"그 사냥터 통제가 심각한 문제이기는 하지?"

"심각 정도가 아니야. 이건 뭐, 북한의 일당독재 수준이다."

"흠……."

노형진은 이해가 간다는 듯 고개를 끄덕거렸다.

"그럴 만하네."

이해하지 못할 바는 아니었다.

실제로 그가 그런 게임을 하지 않을 뿐, 이미 게임 관련 소송을 몇 번 하면서 게임 내의 수익률에 관해서 잘 알고 있기 때문이다.

'결국은 정치질이지.'

현실에서 가장 강력한 무기는 가장 비싼 무기이지만, 게임에서 가장 강력한 무기는 레벨이다.

그리고 고레벨 존에서 나오는 아이템들이 가장 강력한 무기다.

"도리우스당 그 새끼들이 통제하는 통에 게임 자체를 못할 지경이라고."

도리우스당.

친구가 하는 게임인 실크로드의 초거대 길드.

그에 반해 친구인 박규호가 속한 곳은 친구들끼리 모인 작은 길드다.

"그놈들이 사냥터 통제를 하면서 레벨업을 못 하게 하고 있어."

게임이라고 해서 모든 곳에서 몬스터가 쑥쑥 나오는 건 아니다.

안 나오는 지역도 많고, 설사 나온다고 해도 사냥터라 불리는 일부 지역을 제외하고는 리젠율이 극도로 낮다.

특히나 실크로드는 사냥터를 제외한 지역에서는 몬스터가 거의 리젠이 안 되는 구조라, 사냥터가 아니면 사냥이 불가능하다.

"그런데 그 도리우스당이 통제를 한다고?"

"그래."

도리우스당은 게임 내에서 성을 지배하는 거대 규모의 길드다.

그들은 주요 사냥터를 통제하고 길드원을 제외한 다른 사람들이 그곳들에서 사냥 자체를 못 하도록 막았다.

그리고 만일 접근하면 이유를 불문하고 캐릭터를 죽였다.

"씨발, 내가 많이 잡은 것도 아니고 말이야."

물론 말도 안 되는 개소리다.

일부 사냥터를 거치지 않으면 성장 자체가 불가능하니까.

"그래서 들어가서 사냥을 했다?"

"그래."

박규호와 친구들은 새벽에 게임에 접속했다.

술김에 들어갔을 때는 아무래도 새벽이라서 그런지 사냥터를 통제하는 놈들도, 그곳을 이용하는 도리우스당 사람들도 보이지 않았다.

"그 정도는 상관없지 않아?"

"뭐…… 상관없기는 하지, 보통은."

이용하는 사람도 없으니 친구들과 함께 사냥을 했다.

그런데 어찌 알았는지 도리우스당 녀석들이 나타나서 자신들의 캐릭터를 죽였다.

단순히 죽이기만 한 게 아니다.

자기들의 말을 안 들었다는 이유로 게임 내에서 그들에 대한 척살령을 내렸다.

그래서 친구들은 무려 10레벨 이상씩 떨어진 상황.

"염병, 그 10레벨 복구하려면 1년 걸린다고, 1년."

"미친. 그딴 거 좀 접어라. 자기가 무슨 개돼지라고 그딴 취급을 받으면서 그걸 하니?"

"더러워서 접는다니까! 하지만 그냥은 못 넘어가."

"쩝."

그가 평범한 삶을 살고 있다고 해서 힘이 없는 것은 아니다.

당연히 자기 뺨을 때린 놈을 엿 먹이고 싶은 마음이 안 들수가 없다.

"친구 좋다는 게 뭐냐? 응?"

"나 잘나가는 친구야."

"그래서?"

"다른 변호사 알아봐."

다른 사건도 한두 개가 아니다.

그런데 꼭 자기한테 맡기려고 하다니.

"다른 변호사들은 방법이 없다잖아!"

"근데 왜 나는 찾아오는데?"

"너는 노형진이니까!"

"별 그지 같은 이유다."

노형진은 눈을 찌푸렸다.

"이런 건 접수하면 뺑뺑이 돌려서 배당한다고."

"알아. 하지만 다른 변호사들은 모조리 방법이 없다고 한다고. 너처럼 독창적이며 치사하고 더러운 방식으로 복수해 주는 새끼가 없어요."

"뒤로 갈수록 어이가 없다만?"

"친구가 친구를 가장 잘 알지 않겠니?"

"누구세요?"

"아, 좀!"

노형진은 머리를 긁적거렸다.

"아무리 그래도 있잖아, 내가 너를 위해 그런 걸 해 주는 건 안 된다고."

"그래?"

"그래. 형평성이 어긋나."

"나 하나만을 위한 것이 아니라면 된다 이거지?"

"뭐, 사회적 문제가 될 정도의 숫자라면."

"좋았어."

노형진은 잊고 있었다, 박규호가 얼마나 끈질긴 놈인지.

⚖

"헐?"

"피해자 사백 명. 이 정도면 사회적 문제라고 할 수 있지 않겠냐?"

"될 것 같기도…… 한데?"

득의양양하게 웃고 있는 박규호를 보면서 노형진은 질린 표정이 될 수밖에 없었다.

"이 사람들이 다 누군데?"

"우리 서버에 있는, 도리우스당 소속이 아닌 사람들."

"그걸 다 찾아서 온 거야?"

"다는 아니지만 그래도 참가한다고 한 사람들이야."

"미친, 도리우스인지 도리뱅이인지가 놔둬?"

"어쩔 거야? 새로운 계정을 파서 새로 모은 건데."

새로 계정을 파서 새로운 캐릭터로 각 성에서 소송을 하고

자 하는 사람들을 모았다.

도리우스당은 당장 그만두라고 협박했지만 레벨 1짜리를, 그것도 성 바깥으로 나오지도 않는 캐릭터를 어떻게 할 수 있는 방법은 없었다.

"본캐가 뭔지, 지들이 알 게 뭐야?"

심지어 계정조차 자기 계정이 아니라 이 게임을 하지 않는 사람에게 부탁해서 만든 계정이다.

"내부에 자기편이 있다 해도, 그 새끼들은 내가 누군지 몰라."

"그건 그렇겠지."

노형진은 고개를 끄덕거렸다.

도리우스당 정도 되는 규모의 녀석들이면, 운영자들 중에서 친밀하게 지내는 놈이 있기 마련이다.

"애초에 내 신분이 드러나면 그것도 문제 아냐?"

"얼씨구? 니가 변호사냐?"

"나도 주워 들은 게 있거든!"

당당하게 고개를 드는 박규호.

"어찌 되었건, 피해자들이 이렇게 많으니까 접수해 주시지?"

"끄응…….."

노형진은 머리를 긁었다.

과연…… 이게 가능할 것인가…….

"뭐, 한번 해 보지."

노형진은 박규호의 말에 고개를 끄덕거렸다.

안되면 되게 하라는 것이, 군대만의 용어는 아니었다.

⚖

"어떻게 생각하십니까?"

"애매하군."

송정한은 곤혹스러운 표정으로 말했다.

"이건 그냥 게임 캐릭터잖아?"

"그렇지요."

"그걸 상해로 걸 수도 없고, 그렇다고 업무방해는 안 되고……."

다른 변호사들 역시 안 된다고 한 이유가 있었다.

"장비에 대한 갈취는?"

"일단 현행법상 게임 내 장비에 대한 개인소유권은 인정되지 않고 있어."

손채림의 말에 노형진은 어깨를 으쓱하며 말했다.

"하긴, 그랬다가는 아주 난리가 나겠지."

게임 하나 서비스 종료하려면 그 게임 장비에 대한 가치만큼 배상을 해 줘야 하니까.

"그러면 방법이 없어 보이는데?"

사람이 직접 다친 것도 아니다.

그렇다고 그들이 박규호의 캐릭터를 죽이면서 욕을 하거

나 한 것도 아니다.

죽이고, 떨어뜨린 아이템을 들고 간 것뿐이다.

그러니까 모욕죄도 성립되지 않는다.

"이건 어차피 배당했어도 자네에게 돌아갈 사건이었을 것 같군."

"그런 것 같네요."

현행법상 전자적 캐릭터와 장비의 소유권을 인정하지 않는 상황에서, 소송으로 그 권한을 지키는 것은 불가능했다.

"회사에서는 뭐라고 하던가?"

"유저 간 분쟁에 개입하지 않는 것이 자기네들 규칙이라고 합니다."

"그래?"

"네."

"이거야 원."

머리를 긁적이는 송정한.

아무래도 나이가 있는 그의 입장에서는 이러한 게임이 이해가 가지 않았기 때문이다.

"이런 놈들 때문에 제가 때려치웠다니까요."

무태식 변호사 역시 질렸다는 듯 중얼거렸다.

"이 게임에 대해 아세요?"

"알죠. 저도 한 3년 했습니다."

"그래요?"

"네. 다만 다른 서버였지만요."

"그래요? 다른 곳도 이래요?"

"네, 똑같아요. 한 서버에서 매달 나오는 돈이 얼만데요. 전에 게임 사건 맡아 보셨잖아요. 결국 그것과 비슷한 사건이에요."

"비슷한 사건이라……."

당시 노형진은 동생인 서세영을 도와준 적이 있다.

운영자와 길드가 붙어먹어서 착복하던 그런 상황.

"비슷하다고 보면 돼요."

"아이템 복구해 주는 그런 건가요?"

"그런 건 안 하죠."

하지만 압도적인 힘을 가지고 있다는 것을 알고 그들과 붙어먹어서, 거기서 나오는 게임 머니를 현질한 현금 중 일부를 받고 다른 유저와의 분쟁에 대해 모른 척한다는 것이다.

"설사 돈을 안 받는다고 해도, 지들이 귀찮아서 관리하지 않는 것도 사실이고요."

"그 정도입니까?"

"이놈들이 운영을 개떡같이 하기로 유명합니다."

"흠……."

"세영이한테 물어보는 게 어때요?"

"세영이한테요?"

"그래도 저보다는 더 잘 알 텐데요. 저도 이거 때려치운지 오래되었고."

이 자리에 그 게임에 대해 잘 아는 사람은 없었기에 결국 노형진은 고개를 끄덕거렸다.

⚖

"실크로드?"

"응. 알아?"

"요즘도 그 게임 하는 사람이 있어?"

서세영은 파르페를 입에 넣으면서 어이가 없다는 듯 물었다.

"뭐, 제법 많이 하나 보던데?"

"하긴, 거기 골수 유저가 많으니까."

"넌 안 해?"

"안 해. 악명이 자자한데 그걸 왜 해? 스트레스 풀려고 게임하는 거지, 스트레스받으려고 게임하나?"

"그래? 그 악명이 뭔데?"

"뻔하지, 뭐."

개떡 같은 관리와 거대 길드의 횡포.

그리고 그 안에서 벌어지는 더러운 정치질들.

"전에 내 소송 해 준 건 진짜 새 발의 피야."

"그 정도야?"

"돈이 얼마나 많이 도는지 알잖아?"

"그건 그러네."

게임에서 성 하나 점거하고 세금을 걷으면 어마어마한 돈이 들어온다.

그런데 과연 그 돈을 빼앗으려고 할까?

"결국은 그러한 결과를 만들어 내기 위한 거지."

"그래?"

"그래. 생각해 봐. 레벨이랑 장비가 게임의 전부야. 그런데 레벨도 못 올리고 좋은 장비를 구할 방법도 없다고. 그러면 성장도 못 하고, 당연히 그 길드에 저항할 수가 없지. 성장하는 방법은 하나뿐이야. 그 길드에 들어가는 것."

파르페 잔 바닥을 닥닥 긁으면서 말하는 서세영.

"그 애들이 척살령을 내리는 건 자신들에게 들고일어날 가능성을 낮추려고 하는 것도 있지만, 혹시나 레벨이 높아지는 걸 막기 위해서야. 레벨이 높아지면 자신들에게 반기를 들수 있으니까. 친구들, 렙다 많이 했지?"

"그렇지. 지금까지 10렙 정도 떨어졌다고 하더라."

"그거야. 핑계 삼아서 반골들 한번 밟아 두면 반기를 들지못하니까."

"와, 더럽네."

"내가 그래서 한국 게임 안 하잖아. 오로지 경쟁 모드야."

서세영은 지겹다는 듯한 얼굴이 되었다.

"그런 게임은 나 같은 라이트 유저들은 못 해. 진짜 목숨 걸고 캐릭터 돌리지 않으면, 순식간에 뒤처진다고."

"그래?"

"그러니까 요즘 미국산 게임이 유행을 하지. 최소한 그건 기회라도 균등해. 그걸 잡느냐 마느냐는 플레이어의 선택이고. 하지만 실크로드는 그게 아니야. 경쟁에서 뒤처지는 순간 그냥 나가리 되는 거야. 목숨 걸고 게임해야 한다고. 그게 게임이야?"

눈을 찌푸리면서 수저를 탁 내려놓는 서세영.

"아, 배부르다."

"넌 아까 밥 먹고 그게 다 들어가니?"

"원래 여자는 간식 배가 따로 있는 법이야, 오빠."

씩 웃는 서세영을 보면서 노형진은 혀를 끌끌 찰 수밖에 없었다.

"하여간 그래서, 그걸 막을 방법이 있나?"

"없다니까. 말했잖아, 그 새끼들 이기려면 죽어라 렙 올려서 따라가야 한다고. 그렇다 보니 결국 그런 길드에 속한 놈들은 폐인들이 많아, 일상생활도 못 할 정도의."

"그래?"

"그래. 웃기지 않아? 자기 인생도 통제 못 하는 새끼들이 무슨 사냥터를 통제한다고."

풋 하고 비웃음을 날리는 서세영.

노형진은 그 순간 뭔가 머릿속을 스치고 지나가는 것을 느졌다.

"자기 인생을 통제 못 한다고?"

"내가 알기로는, 거기서 평균적인 레벨 따라가려면 하루에 열두 시간 이상을 해야 할걸."

"하루에 열두 시간?"

"그래."

요즘은 하루 여덟 시간 근무를 추구하는 상황이다.

그런데 게임을 열두 시간 한다고?

"랭커라고 하는 놈들은 하루에 열여덟 시간은 할걸. 소문으로는 어떤 캐릭터는 온 가족이 달라붙어서 스물네 시간 내내 키운다고 하더라. 그게 무슨 게임이야?"

"미친놈들."

"그러니까. 그런 놈들이 무슨 남한테 있는 척을 하느냐고, 자기도 통제 못 하는 것들이."

"흠."

노형진은 잠깐 생각하더니 씩 웃었다.

"땡스. 네 덕분에 방법을 찾은 것 같다."

"뭐? 방법이 있어?"

"그래."

"헐, 그런 게 방법이 있으리라고는 생각도 못 했는데?"

"원래 법은 부자들에게만 유리한 법이야."

노형진은 씩 웃으면서 자리에서 일어났다.

"방법이 없는 건 아니지, 후후후."

⚖️

"일단은 방법을 찾았어."

"응?"

노형진이 방법을 찾았을 때, 의외로 손채림도 방법을 찾아왔다.

"무슨 방법?"

"약관."

"약관?"

"어."

"약관에 무슨 조항이라도 있어?"

"약관이라는 게 결국은 게임 내에서 보면 사용에 관한 법률이잖아."

"그렇지."

"그러니까 그걸 걸고넘어지면 되지 않을까 싶어."

"어떤 부분?"

"이 부분."

손채림이 자신이 찾은 방법을 손가락으로 가리켰다.

노형진은 그 부분을 보고 소리 내어 읽기 시작했다.

"갑은 을의 플레이에 맞는 콘텐츠를 제공하고 플레이에 관한 쾌적한 서비스를 제공할 책임을 가진다?"

"그래, 이 중 '쾌적한 플레이'라는 부분이 확실히 걸릴 만한 거 아닌가?"

"음…… 확실히……."

게임 회사는 플레이어들에게 적당한 서비스를 제공하도록 되어 있다.

콘텐츠와 게임 내 플레이를 관리할 책임이 있기 때문이다.

"그런데 그들은 콘텐츠를 제대로 관리하지 않고 있단 말이지."

매크로 답변은 당연하고, 질문 하나 하면 답변이 오기까지 걸리는 시간이 무려 닷새다.

"사실 게임 운영은 이런 식으로 하면 안 되는 거거든. 이 부분이 법으로 치면 헌법 같은 거 아닐까?"

"헌법이라……."

그렇다. 약관이라는 것은 결국 계약이다.

계약의 가장 핵심 부분이 바로 이것이다.

갑인 서비스 회사는 을인 플레이어에게 게임 내 콘텐츠를 제공한다.

"하지만 지금은 일부만 그 콘텐츠를 누리게 방조하는 셈이잖아."

"올. 손채림, 많이 늘었다?"

노형진은 손채림의 머리를 슥슥 쓰다듬었다.

"으헤헤."

"왜?"

"머리 안 감았는데."

"으익."

"농담이야, 농담. 하여간 이쪽으로 가면·되지 않을까?"

"이쪽으로 가면 회사 쪽에도 경고는 할 수 있겠네."

"너도 방법을 찾은 거야?"

"찾은 거지."

노형진은 씩 웃었다.

"둘 다 써먹을 수 있는 방법인 것 같네."

그리고 그 방법을 쓴다면, 도리우스당인지 도리도리뱅뱅
인지는 아마 버티지 못할 게 뻔했다.

⚖

실크로드의 제작사이자 유통사인 엔터릭스는 당혹스러운
소송장을 받았다.

"서비스 불만족으로 인한 환불 요구 및 손해배상 청구 소송?"

"그렇습니다."

"이게 왜 우리한테 날아온 거야?"

"새론이라는 곳에서 우리 유저들 중 일부를 포섭해서 소송
한 것 같습니다."

"우리 유저?"

"아키아 서버 유저들입니다."

"아키아?"

"네."

"아니, 왜?"

"그곳에서 이루어지는 사냥터 통제를 제대로 안 막았다고……."

"허, 그걸 왜 우리가 막아?"

엔터릭스의 남궁찬우 사장은 어이가 없다는 듯 물었다.

"그로 인해 게임 플레이에 지장이 있다고 주장하고 있습니다."

"하기 싫으면 하지 말라고 해."

사장은 휙 하고 서류를 던졌다.

"별 거지 같은 새끼들이 다 덤비네. 더러우면 게임 접으면 그만 아니야?"

"그건 그런데……."

"무시해."

"네?"

"적당히 대응해. 이런 놈들이 어디 한두 명이야?"

사실 소송을 당한 건 한두 번이 아니다.

하지만 게임 캐릭터의 소유권은 유저에게 없기 때문에, 언제나 승리는 자신들의 것이었다.

"더러우면 게임 안 하면 될 거 아니야? 이번 건도 하던 대로 로펌에 넘겨."

"알겠습니다."

⚖️

남궁찬우 사장이 그 소송을 무시했기 때문에 결국 합의는 이루어지지 않았고, 바로 재판으로 넘어갈 수밖에 없었다.

"재판장님, 이 게임에서 유저의 장비나 캐릭터는 유저의 물건이 아닙니다. 이번 사건에서 핵심은 그들이 우리의 서버 및 프로그램을 이용하여 게임을 즐긴다는 것입니다. 저희는 그걸 제공했으니 그로서 책임은 끝난 것입니다."

상대방 변호사는 득의양양하게 미소 지으면서 말했다.

아이템을 잃어버린 자들이 억울해서 제기해 온 소송은 이미 여러 번 겪어 보았다.

하지만 단 한 번도 진 적은 없다.

지금도 마찬가지다.

게임은 결국 서비스를 빌려서 하는 것일 뿐이다.

그러니 그걸 즐긴 이상, 자신들이 책임질 것은 없다.

"재판장님, 여기서 서비스 개념을 확실하게 해야 할 듯합니다."

노형진은 그런 상대방 변호사의 말에 씩 웃으면서 일어났다.

"피고 측 변호인은 마치 원고 측이 본인들의 서버 및 프로그램을 대여하여 활동하는 것처럼 표현하고 있습니다. 하지만 그건 대여 또는 임대이지 서비스라고 볼 수가 없습니다. 서비스의 사전적인 용어는 사람에게 편리함을 주는 상품을 뜻하며, 생산물과 분리되어 거래될 수가 없다고 되어 있습니다."

"그게 무슨 말이지요?"

"서버와 프로그램의 이용 계약을 체결하는 순간 피고가 서비스를 제공한다는 내용을 약관에 집어넣었으니, 게임 운영을 시작하는 순간부터 피고는 원고들의 원활한 게임 플레이를 위한 서비스를 제공해야 한다는 뜻입니다."

그에 상대방 변호사는 그에 맞는 변론을 했다.

"재판장님, 그러한 부분에 관해서는 저희가 충분한 서비스를 제공하고 있다고 주장할 수 있습니다. 저희는 서버가 충분히 운영될 수 있도록 확충하고 패치 및 업그레이드를 통해 사람들이 관련 콘텐츠를 즐길 수 있도록 하고 있습니다."

물론 그건 맞는 말이다.

하지만 그게 '서비스'의 전부가 아니라는 것을 그는 간과하고 있었다.

"재판장님, 하지만 여기에 문제가 있습니다. 현재 피고 측의 서비스는 명백하게 일부에게만 한정되어 공급되고 있다는 것입니다."

"일부?"

"그렇습니다. 해당 서버 내의 도리우스당이라는 대형 길드에서 대부분의 주요 사냥터를 통제하고 다른 유저들의 사

냥을 막고 있습니다. 그래서 그들의 행동으로 인해 대다수의
유저들이 게임 내의 콘텐츠를 제공받지 못하고 있습니다."

"그건 게임 내 콘텐츠를 이용한⋯⋯."

"언제부터 사람이 사람을 죽이는 게 콘텐츠가 되었나요?"

"뭐요?"

"콘텐츠라는 게 뭡니까?"

콘텐츠라는 것은 결국 즐길 거리다.

뭔가를 보고 듣고 만지고 플레이 하며, 그로 인해 게임 내
에서 즐거움을 얻는 것.

그게 바로 콘텐츠다.

"피고가 운영하는 게임인 실크로드 내에서 피고는 플레이어
의 타 플레이어 살해 행위, 즉 PVP 행위를 무제한으로 제공하
고 있습니다. 무제한으로 제공된 기능으로 인해 대다수의 플레
이어는 게임 내 콘텐츠의 대부분을 이용하지 못하고 있습니다."

"그건 거짓말입니다!"

"그래요?"

노형진은 일어나서 증거를 넘겼다.

"증거 2-3을 봐 주시기 바랍니다. 해당 게임의 주요 콘텐
츠는 사냥이라고 불리는, 몬스터를 제압하고 그 과정에서 아
이템과 경험치를 얻는 것입니다. 그게 주요 콘텐츠이지요.
맞지요?"

"그건 그렇습니다."

상대방 변호사는 그걸 부정할 수가 없었다.

사실 대부분의 RPG가 다 그런 식 아니던가?

"그런데 문제는, 해당 게임 내에서 해당 콘텐츠를 제공하기 위해 만들어진 사냥터를 일부 거대 길드가 독점하여 사실상 거의 모든 콘텐츠를 사용할 수가 없는 상황이 되어 버렸습니다. 그런데 피고 측은 그러한 사실을 알면서도 방치하여 대다수의 플레이어들이 콘텐츠를 즐기지 못하도록 했습니다. 해당 게임의 쾌적한 환경을 제공할 의무가 있음에도 불구하고 말입니다."

"그건……."

상대방 변호사는 약간 당황한 듯싶었다.

확실히 노형진의 말이 맞다.

플레이어가 게임을 즐기는 데 있어서 심각한 문제가 있는 경우, 회사는 그걸 고칠 의무가 있다.

"어떤 현상에 대한 버그가 있는 경우, 그 버그를 고치는 것이 회사의 책임입니다. 설사 그 버그가 극히 일부에게만 영향을 미치는 것이라고 할지라도 말이지요."

"이건 버그가 아닙니다!"

"버그가 아니지요. 하지만 사회적으로 볼 때 대다수의 플레이어들이 해당 콘텐츠를 소비하지 못한다는 것이 문제입니다. 또한 이러한 통제는 단순히 콘텐츠 소비의 문제가 아닙니다."

노형진은 다시 한번 증거 목록을 넘겼다.

"증거 3-1을 봐 주시기 바랍니다. 이건 해당 게임의 플레이 난이도입니다."

"플레이 난이도?"

"그렇습니다. 각 지역을 레벨별로 표시한 것입니다. 레벨 1부터 10까지 할 수 있는 지역이 있고, 레벨 8부터 15까지 할 수 있는 지역이 있습니다."

노형진은 그걸 차분하게 넘기며 주장했다.

"그리고 저희 원고들 대부분이 몰려 있는 곳은 레벨 40에서 50까지 있는 지역입니다. 이유는 간단합니다. 원고들의 레벨이 낮으니까요."

사냥터가 통제되어 플레이어들은 성장에 필수인 사냥터에 접근할 수가 없다.

그러자 성장이 멈춰 버렸다.

"이 지도를 보면 아시겠지만, 레벨 1부터 레벨 50까지 가는 지역은 전체 지역의 5분의 1 이하입니다. 그 이상의 레벨이 되지 않으면 다른 지역의 콘텐츠를 소비할 수가 없습니다."

"그런데요?"

"그런데 그 사냥터 통제로 인해, 대다수의 플레이어들은 그 지역으로 넘어갈 수조차 없습니다."

"가는 길을 막지는 않았습니다만?"

상대방 변호사는 애써 변명했다.

하지만 그건 이미 소용없는 답변이었다.

"가는 길이 막혀 있지는 않습니다. 하지만 해당 레벨 지역으로 가는 길에 다수의 몬스터가 존재하고, 그러한 레벨의 차이라면 사실상 한 마리 잡는 것도 불가능합니다. 즉, 그 지역의 콘텐츠를 즐기는 것 자체가 불가능해진다는 소리입니다. 똑같은 돈을 내고 즐기고 있는데 어째서 누군가는 사냥터를 통제하고 렙업을 빨리하고 그 수익을 착복할 수 있게 하며, 다른 누군가는 아예 성장조차 불가능하게 합니까?"

"그건……."

애매한 표정이 되는 변호사.

노형진은 그런 그를 보면서 혀를 끌끌 찼다.

'너도 게임에 대해 잘 모르는구나.'

나이가 지긋한 변호사는 게임이 어떤 식으로 굴러가는지 모르는 게 뻔했다.

물론 법적으로는 주장할 수 있을지도 모른다.

하지만 법적인 부분과 사회적인 부분은 전혀 다르다.

"개인 간의 분쟁에 대해서는, 회사는 개입하지 않습니다."

상대방 변호사는 결국 회사에서 주장하는 대로 읽을 수밖에 없었다.

지금까지 그러한 주장으로 버텨 왔고, 인정되어 왔으니까.

하지만 지금까지 버텨 온 것이 이상할 정도로 그 논리는 허술했다.

"PVP, 즉 플레이어 대 플레이어 시스템은 콘텐츠에 속한 부분이고, 그 부분에 대해 뭘 어떤 식으로 사용하든 그건 개인의 선택입니다. 그 부분에 대해 저희가 개입하는 것은 회사 내규상 인정되지 않는 부분이고…….”

결국 이게 이유였다.

통제든 뭐든 그건 자기들이 선택하는 부분이고, 회사에서 개입할 부분이 아니라는 것.

“애초에 약관에 그러한 부분이 언급되어 있고…….”

“어디에요?”

“뭐라고요?”

“제가 약관에서 개인 간 분쟁에 개입하지 않는다는 이야기는 본 적이 있습니다만, 특정 콘텐츠를 이용하여 타인의 권리를 침해하는 행위를 방치하겠다는 건 보지 못했습니다만?”

“그게 그거 아닌가요?”

“그게 그거가 아니죠.”

노형진은 확실하게 못을 박았다.

개인 간 분쟁과 거대 길드의 행동은 전혀 이야기가 다르다.

“만일 미국 사람이 러시아의 대통령을 암살하면 그건 개인 간 분쟁입니까?”

“무슨 소리입니까?”

“개인 간 분쟁은 말 그대로 개인 간의 의견 충돌로 인해 결투를 한다거나 하는 것을 뜻합니다. 하지만 이 경우는 개인이라고 볼 수가 없습니다. 해당 길드에 속한 멤버는 총 팔백 명. 그들은 상부의 명령에 따라 자기들을 제외한 타 플레이어의 캐릭터를 살해하고 레벨다운이라는 부분과 아이템 드롭이라는 부분을 이용해서 상대방이 금전적, 시간적 손실을 보도록 만들었습니다. 아닌가요?"

"그건 개인적인 분쟁이고……."

"현실에서는 그걸 개인적 분쟁이라 하지 않고 폭력 집단 구성 등의 법률 위반으로 보지요. 안 그런가요?"

"그……."

"개인은 말 그대로 양 당사자 또는 그를 포함한 일부를 뜻하는 말입니다. 하지만 이 경우는 절대로 개인이라 볼 수 없습니다. 변호사로서 개인이라는 법적인 용어의 한계를 모르시지는 않을 텐데요?"

노형진이 물고 늘어지자 상대방 변호사는 침을 꿀꺽 삼켰다.

이건 전혀 예상하지 못한 부분이었다.

'개…… 개인? 그러니까…… 그건 그런데…….'

그냥 한 명이 한 명을 괴롭히는 것은 개인적인 일이 맞다.

하지만 이건 노형진의 말대로 집단에 의한 한 지역의 지배다.

"'회사에서는 개인 간 분쟁에는 개입하지 않습니다.'라는 말, 맞습니다. 하지만 이건 개인 간 분쟁이 아니라 사실상 콘텐츠 통제를 허용하여 특정 소속이 아닌 플레이어들이 콘텐츠를 즐기지 못하게 하는 행위를 묵인하는 거 아닌가요? 더군다나 이 도리우스당이라는 거대 길드는 척살령이라는 것을 동원하여 조직적으로 타 플레이어를 학살하는 시스템까지 갖

추고 있는데 이게 어찌 개인과 개인 간의 싸움이 될까요?"

"개인 간 분쟁에 끼어들지 않는다는 것은 사실상 플레이어의 분쟁에 끼어들지 않는다는 뜻입니다. 비록 일방이 손해를 보고 있기는 하지만 결국 콘텐츠 내에 있는 아이템을 소비하는 것인 만큼, 개인이라는 단어에 집착할 이유는 없다고 봅니다."

상대방 변호사는 그래도 나름 변론했다.

그러나 그러한 얄팍한 수단으로 노형진의 변론을 이길 수는 없었다.

"좋습니다. 해당 조항을 확대해석 해서 개인을 플레이어 전부라고 봅시다. 하지만 위계에 의한 계약은 애초에 무효입니다, 재판장님."

"위계에 의한 계약이라니요! 그게 무슨 말입니까!"

"재판장님, 이 약관은 피고 측이 원고 측에게 제공하는 것으로, 어디에도 사냥터 통제로 인해 사실상 콘텐츠의 90% 이상을 사용할 수 없다는 내용은 담겨 있지 않습니다."

"무슨 말도 안 되는 소리입니까!"

"내부의 정당한 콘텐츠 사용에 대한 고지가 없다는 말입니다."

노형진은 '탕' 소리가 나게 약관을 내리치며 말했다.

"집을 예로 들어 보지요. 제가 집을 파는데, 이 집이 노후되어 비가 새고 보일러가 작동하지 않으며 하수도가 막히고 벽으로 바람이 들어온다는 걸 감춘 채 완전 새 물건인 양 계약한다면, 그건 위계를 이용하여 한 계약으로 취소 사항입니다. 아닌가요?"

"그건 그렇지요."

뭔가를 이용하는 데 있어서 명백하게 심각한 문제가 있음을 알고 있음에도 불구하고 그걸 감춘 채로 거래하는 것은 사회적으로 인정하지 않는 계약이다.

"이 사건도 마찬가지입니다. 회사 측은 이 계약을 진행함에 있어, 사실상 레벨 50 이후에는 성장이 불가능하며 특정 콘텐츠를 이용하는 것은 불가능하다는 사실을 알고 있었습니다. 그렇지 않습니까?"

"몰랐습니다!"

"그래요? 재판장님, 증거 4-4를 봐 주시기 바랍니다. 지난 6년간 원고 측 피해자들이 피고 측에게 해당 문제를 해결해 달라고 주장한 내용입니다. 이 내용에 따르면 피고 측은 최소 6년간 사실상 콘텐츠 사용이 불가능하다는 사실을 알고 있었습니다."

유저가 한두 명도 아니고, 그들이 항의하지 않은 것도 아니다.

하지만 언제나 회사 측은 그걸 무시했다.

결국 상대방 변호사는 말도 안 되는 반박을 하기 시작했다.

"그건 콘텐츠의 일부입니다! 각자 강함을 겨루고 싸우는 것이 게임 내에서 추구하는 콘텐츠입니다!"

"아까부터 같은 소리 하고 계시는데, 콘텐츠가 뭔지 모릅니까? 콘텐츠란 사 측에서 유저 측에게 제공하는 서비스 중 즐거움을 누리기 위한 부분입니다. 그런데 이건 어떤 부분이 즐겁죠? 애써 키운 캐릭터가 레벨이 떨어지는 부분? 살해당한 후에 현물가로 수백만 원짜리 아이템을 빼앗기는 부분?"

"그건……."

"이건 콘텐츠가 아니라 기능이라는 겁니다. 상대방 플레이를 죽일 수 있는 기능. 그리고 그 기능으로 부정적인 상황이 발생하여 사실상 게임 플레이가 불가능하다고 생각될 때, 사 측은 그 관리 책임이 있습니다!"

세상에 자기 캐릭터가 죽는 걸 좋아하는 사람은 없다.

결과적으로 콘텐츠라는 그의 주장은 말이 안 된다.

"성이라는 부분은 이해가 갑니다. 그 부분은 콘텐츠입니다. 그에 관련된 공성전이나 거대 길드의 분쟁 역시 선택적 콘텐츠라고 인정할 수 있습니다. 하지만 대다수의 유저들이 사용하는 사냥터를 사용하지 못하게 하고 그 지역에서 나오는 모든 재화와 아이템을 싹쓸이하는 것은 콘텐츠가 아닙니다."

노형진이 말을 할수록 상대방 변호사는 애매한 표정이 되었다.

확실히 맞는 말이니까.

물론 무조건 콘텐츠라고 주장할 수는 있다.

하지만 그러기 위해서는 즐거움 또한 있다고 해야 하는데…….

"피고 측이 주장하는 바대로라면, 일부 강한 사람들이 약자들을 사냥하는 것을 콘텐츠라고 하나 봅니다?"

"하지만 시스템적으로는……."

"시스템은 기능일 뿐입니다. 그걸 고치는 건 어렵지 않지요. 요즘 유행하는 다른 게임처럼 인스턴트 던전을 만든다든가, 아니면 길드 전용 사냥터를 만들어서 길드들이 쟁탈전을 통해 차지할 수 있게 하는 방법도 있지 않습니까? 어째서 일부 길드를 위해 대다수 유저가 사냥감으로 전락해야 합니까?"

"그건……."

변호사는 변명을 할 수가 없었다.

그럴 수는 없다.

그러면 현질 시장에서 자신들의 위치가 흔들린다.

문제는, 현질 시장은 불법이라는 거다.

"거기에다 아까 제대로 관리하고 있다는 주장을 하셨지요? 재판장님, 증거 5-1을 봐 주시기 바랍니다."

노형진은 마지막 증거를 내밀었다.

"이것은 피고들이 제대로 관리하고 있다는 현 게임의 상황을 증명하는 증거입니다. 보다시피 대부분의 답변이 한 글자도 안 틀리고 동일한 패턴을 보이고 있습니다. 심지어 오타까지도 같습니다. 이를 매크로 답변이라고 합니다."

"그건……."

"사건이 접수되었을 때 그걸 확인하고 답변하는 게 아니라, 정해진 답변 중 하나를 기계적으로 골라서 답변하는 것입니다. 그게 어떻게 답변이 될 수 있을까요? 그리고 이 매크로 답변에 대한 질문을 확인해 주시기 바랍니다. 첫 장은 플레이 중 끼임 현상에 대한 질문입니다. 그 질문의 답변에 뭐라고 쓰여 있습니까?"

판사는 그걸 보고 피식 웃었다.

"'개인 간 분쟁에 대해서는 회사는 끼어들지 않습니다.'라고 되어 있네요."

"네, 개인 간 분쟁이 아니라 플레이 중 버그에 대한 질문이었음에도 불구하고 말입니다. 두 번째 페이지를 봐 주십시오. 실수로 분실한 아이템 복구에 대한 질문입니다. 뭐라고 되어 있습니까?"

"개인 간 분쟁에 대해서는 회사는 끼어들지 않습니다."

"세 번째 질문은 귀환석 사용 시 엉뚱한 마을로 돌아가는 현상에 대한 질문입니다. 이 질문의 답변 역시 '개인 간 분쟁에 대해서는 회사는 끼어들지 않습니다.'라고 되어 있습니다."

"으음……."

이건 대놓고 관리할 생각이 없었음을 증명하는 증거나 마찬가지였다.

게다가 그 외에도 상당수 질문과 답변이 그러한 형태를 보이고 있었다.

"물론 개인 간 분쟁에 대한 질문은 많습니다. 한 70%쯤 될 겁니다. 그런데 왜 그렇게 게임 내에서 분쟁에 대한 질문이 많을까요? 서버별로 원수들만 모아 둔 것도 아닌데 말입니다."

"글쎄요?"

"간단합니다. 원고 측 서버뿐만 아니라 대다수, 아니 전 서버에서 똑같은 일이 벌어지고 있기 때문입니다. 전 서버에서 특정 길드가 사냥터를 통제하고 다른 유저들이 사용하지 못하도록 막고 있습니다. 이러한 현상은 저희가 알아낸 것만 해도 6년 전부터 지속적으로 벌어지고 있었던 일입니다. 그런데 몰랐다는 것도 말이 안 되고, 제대로 관리하고 있다는 것도 믿을 수가 없습니다."

매크로를 통해 똑같은 답변만 계속 날려 대는 운영자들이다.

그러면서도 자기들은 제대로 게임을 운영한다니, 당최 믿을 수가 없는 말이었다.

"이는 명백하게 회사 측에서 콘텐츠 제공 및 관리에 대한 약관을 위반한 것을 증명합니다."

"하지만 약관은 사실상 계약서입니다, 재판장님!"

"일방에 불리한 사실을 감춘 상태에서 이루어진 계약은 법적으로 효력이 없습니다. 그 어떤 유저가 레벨 50이 넘으면 다른 콘텐츠는 사용할 수 없다는 걸 알면서도 열심히 할까요? 더군다나 이 게임은 캐릭터의 성장 속도가 느립니다. 레벨 50이 되기 위해서는 족히 1년은 해야 합니다. 그것도 하루 열두 시간 기준으로 말이지요. 그 시간 동안 유저는 아무것도 모르고 열심히 플레이 하다가, 갑자기 타인으로 인해 콘텐츠를 누리지 못하는 상황을 맞닥뜨리게 되는 것입니다."

"음……."

하자가 있는 것은 회사에서 확실하게 알고 있다.

그런 만큼 그걸 고지하지 않았으니 심각한 문제라는 것이 노형진의 주장이었다.

"그리고 아까부터 약관과 내규를 주장하시는데, 내규의 경우 외부에 영향을 미치지 못한다는 것 아시죠?"

"그건……."

"내규는 내부의 규칙일 뿐입니다. 그마저도, 어떠한 내규도 법보다 우선하지는 않지요. 하지만 피고 측은 내규를 이유로 외부인인 유저들을 겁박하고 사실상 방치했습니다. 안 그렇습니까?"

"……."

상대방 변호사는 아무런 말도 하지 못하고 한숨만 쉬었다.

이번에도 쉬울 거라 생각했지만, 아무래도 힘들 것 같았다.

"재판장님, 이번 사건에서 피고 측은 그러한 사실을 알고 있으면서도 관리를 하지 아니하고 계약 초기에 이러한 사실도 고지하지 않았습니다. 그러므로 이 계약으로 인한 손해배상 및, 그동안 누리지 못한 콘텐츠에 대한 사용료 전액을 환불하여 주시기 바랍니다."

노형진은 최후의 말을 하면서 상대방 변호사를 보고 씩 웃었다.

백수라니요. 무슨 섭섭한 말씀을

"와, 역시 노형진."

박규호는 엄지를 척 내밀었다.

"그걸 받아 내네."

"얼마 되지는 않지만."

아무래도 상황이 불리해지지 상대방은 다급하게 연락해서 합의했다.

혹시나 이 이야기가 다른 서버에 들어가서 그쪽 서버에서도 손해배상을 요구할까 두려웠던 것이다.

"1인당 100만 원씩이라……. 아마 아까워서 뒈지겠지?"

기준은 레벨 50 이후에 플레이 한 시간과, 알면서도 방치한 데 대한 손해배상이었다.

게임 사용료가 한 달에 3만 원이니, 평균 2년 정도의 계정 비용과 20만 원 정도의 배상금이 포함된 돈이다.

"아마 지금쯤 눈깔이 돌아가겠지. 한 명당 100만 원인데 피해자가 사백 명이잖아."

당장 손해 금액이 그러면 4억이다.

한 서버에서 그 지경이니, 다른 곳에도 소문이 나면 재수 없으면 수십억이 훅 날아갈 판국이 되어 버린 것이다.

"그런데 진짜로 너의 법 논리가 맞아?"

"몰라."

"응?"

"모른다고. 확실히 법 논리가 내가 맞는지는, 판결까지 가 봐야 알 수 있지. 하지만 그럴 이유가 없잖아."

사실 노형진도 그 법 논리가 맞는지 알 수가 없다.

집을 예로 들기는 했지만, 집은 현재 존재하는 가치이고 전산상의 가치는 아직 판례가 없으니까.

"하지만 가능성은 충분히 있다는 거지. 정확하게 보면 내 쪽이 좀 더 유리했지."

"하지만 그래도 답이 안 난 건 사실이잖아."

"관리 책임을 하지 않은 건 뒤집을 수 없는 사실이니까."

그냥 방치하고 신경도 쓰지 않고 매크로만 돌려 댄 흔적은 여기저기 남아 있다.

그 경우 아무래도 제대로 관리하지 않은 회사 측 책임이

커질 가능성이 아주 높다.

"회사 입장에서는 그게 부담이 되었을 거야. 나에 대해 조사했을 테니까."

노형진과 새론은 이겼다고 끝이 아니다.

그들은 기획 소송을 전문으로 하는 곳이고, 한 번 이겼다하면 비슷한 상황의 피해자들을 찾아서 재소송을 한다.

"한꺼번에 소송에 들어가면 100억 가까이 손실이 날 수도 있어. 진다면 말이지."

그러니 그들은 불리한 상황에서 적당하게 합의를 보는 수밖에 없었을 것이다.

이번 재판에서 불리한 것은 그들이다.

만일 진다면 동일한 소송이 미친 듯이 밀려올 것이다.

이긴다고 해서 무슨 이득이 있는 소송도 아니다.

그런데 만에 하나 지면, 회사는 확실하게 파산한다.

"당연히 회사 입장에서는 어쩔 수 없이 합의해야 하지."

조건은, 다른 사람들에게 이 사건을 알리지 않는 것.

"안 맞는 게 아니고?"

"한번 판례가 나와 버리면 우리 말고 다른 사람이 해도 결과는 같거든."

결국 최선은, 이 사건이 아예 외부에 드러나지 않게 하는 것이다.

"이제 사냥터 통제를 못 하려나?"

"한번 당한 이상 회사 측에서도 무슨 대책을 세우겠지. 하지만 과연 그들이 그렇게 쉽게 돈줄을 포기할까?"

노형진은 어깨를 으쓱하며 말했다.

"재판에서도 말했지만, 이런 사건에서 사냥터 통제를 막는 방법은 한두 개가 아니야. 인스턴트 던전도 있고, 길드 전용 사냥터를 만들어도 되고. 그들이 그동안 그걸 몰라서 적용하지 않았다고 생각해?"

"그러면?"

"결국 돈이지."

현질 시장에 게임 회사가 들어가 있는 것은 널리 알려진 비밀 중 하나다.

돈만 가지고 간다면 회사에서 그에게 최강 팀을 만들어 주는 건 일도 아니고 말이다.

"그게 인스턴트 던전이랑 무슨 관계야?"

"인스턴트 던전은 동시에 여러 곳에서 사냥이 이루어진다는 거지. 반대로 말하면, 그 안에서 나오는 아이템이나 골드가 어마어마하다는 거야."

"아하!"

양이 많아지면 당연히 가격은 떨어진다.

그러니 회사 입장에서는 인스턴트를 만들 수가 없다.

"결국 그들의 목적은 현질 시장의 가격 조정도 있으니까."

"이런 염병, 개새끼들."

"돈이라는 게 원래 그런 거다."

"그러면 정작 그 새끼들에게는 아무런 불이익도 없겠네?"

"그럴 가능성이 높지."

도리우스당의 길드원이 약 팔백 명.

그 정도면 매출이 장난이 아닐 것이다.

그러니 그들을 그냥 놔두고 계정료를 계속 받는 것이 복구의 가장 빠른 길이다.

그리고 그중 최고가 아이템 몇 개 팔면, 4억 정도는 금방 복구할 수 있는 돈이다.

"염병, 그럼 그 새끼들한테 복수한 게 아니잖아?"

"복수는 이제 시작이야."

"시작이라고?"

"그래."

"뭘로? 손해배상?"

"그건 힘들어."

이중 배상 금지 조항이 있다.

같은 피해를 다른 사람에게 똑같이 배상받을 수는 없는 것이다.

"이번 경우는 이미 너희가 회사 측에서 배상받은 것이기 때문에 길드 측에서 받을 수는 없어."

"그러면 애초에 길드로 하든가!"

"그게 참 애매한데, 길드는 싸울 만한 건더기가 없거든."

배상을 받기 위해서는 그로 인해 피해를 입었다는 증거가 있어야 하며, 또한 그 피해가 상대방의 책임이라는 증거가 있어야 한다.

"그런데 길드의 경우는, 피해는 있지만 그게 상대방의 책임이라는 증거가 없거든."

이미 시스템에 있는 기능을 이용한 것뿐이고, 그게 불법인 것도 아니다.

당연히 싸우게 되면 이기는 건 상당히 힘들다.

"더군다나 길드는 유저이지 회사가 아니야. 쾌적한 게임을 위해 관리하거나 유지, 보수할 이유가 없지."

그들은 그냥 그걸 이용해서 돈만 벌면 되는 것이다.

"염병할. 그러면 복수는 못 하는 거야?"

"복수의 방법이 그것만 있는 건 아니지. 너, 한국에서 제일 질기고 무서운 조직이 어딘지 알아?"

"어딘데?"

노형진은 씩 웃으며 말했다.

"세무서."

"세무서?"

"그래."

"아니, 여기서 세무서가 왜 튀어나와?"

"내 여동생이 해 준 말에서 아이디어를 얻었어."

"뭐라고 했는데?"

"자기 인생도 통제 못 하는 새끼들이 사냥터는 통제하려고 든다고."

"음…… 틀린 말은 아닌 것 같다만."

그 게임이 어느 정도인지 아는 박규호는 고개를 끄덕거렸다.

PC방 사장으로 출퇴근하는 자신조차 그 미친놈들을 못 따라간다.

물론 애초에 사냥터에 못 들어가기 때문이라는 큰 이유도 있지만, 이놈들은 잠은 자는 건지 모를 정도로 계속 게임을 해 대기 때문이다.

"그러니 그 부분을 노릴 거야."

"그래? 그러면 중요한 게 있는데."

"설명해 줘."

"설명해 주면 네가 뭐 알아듣나?"

어깨를 으쓱하는 박규호.

"그래도 말은 해 줘야 할 거 아냐. 뭔데, 그 중요한 문제가?"

"니 동생, 예쁘냐?"

노형진은 단호하게 선을 그었다.

"아저씨 누구세요?"

⚖

도리우스당은 초대형 길드다.

그래서 그 길드에 속한 사람을 찾아 만나는 것은 어려운 일이 아니었다.

'이거 완전히 폐인이네, 폐인.'

일반적으로 사람을 만난다고 하면 그 장소는 커피숍이나 조용히 이야기할 수 있는 곳이다.

그런데 노형진과 그가 만난 장소는 다름 아닌 지하의 단칸방이었다.

"무슨 일이에요? 돈을 벌 수 있는 기회를 준다고 하더니."

도리우스당에 속한 사람들 중 몇몇에게 돈을 벌 기회를 주겠다고 쪽지를 보냈는데, 대부분이 무시했지만 그가 연락을 해 온 것이다.

꼴을 보니 돈이 급할 수밖에 없어 보였다.

'하긴, 멀쩡한 삶을 살아갈 수는 없겠지.'

지하의 단칸방.

구석에 잔뜩 쌓여 있는 컵라면들과, 언제 청소했는지 알 수 없는 실내.

손채림은 거기까지는 꿋꿋이 인내했지만, 들어가는 순간 허공을 날아가는 바퀴벌레를 보고 비명을 지르면서 뛰쳐나가 버렸다.

노형진은 딱히 그녀가 동석해야 할 이유가 없어서 다행이라고 생각했다.

"사정이 안 좋으신가 봅니다."

"지금 나 놀리러 왔습니까?"

남자는 짜증스럽게 말했다.

그는 그러면서도 화면으로 시선을 돌렸다.

서 있는 캐릭터를 보면서 침을 꿀꺽 삼키는 모습이, 딱 봐도 전형적인 게임 중독이다.

'심하기는 하네.'

노형진은 그를 보면서 속으로 미소 지었다.

이런 사람이라면 자신에게 더 적극적이리라.

"사실은 도리우스당 문제 때문에 왔습니다."

"그게 왜요?"

"도리우스당에 왜 있는 겁니까?"

"그게 무슨 말입니까? 뭐, 지금이라도 길드에서 나와라 그건가요? 아, 진짜. 돈 된다고 해서 만나 줬더니! 나가요, 나가!"

노형진은 짜증스럽게 말하는 남자를 진정시키며 말했다.

"돈이 되기 때문에 여쭙는 겁니다. 만일 그곳을 떠날 수 있다면 돈을 벌 수 있고, 아니라면 돈을 못 버니까요".

"뭐요?"

"선택하세요. 돈입니까, 아니면 도리우스당이라는 그 길드입니까?"

"아…… 음, 싯팔……."

그는 머리를 북북 긁었다.

그리고 한숨을 쉬었다.

"얼만데요?"

"모르죠."

"뭐라고요?"

"거기에 얼마나 속해 있었습니까?"

"그러니까……."

그는 손가락을 이리저리 꼽아 보더니 대충 결과가 나온 듯
이야기를 꺼냈다.

"한…… 5년?"

"5년요?"

5년, 절대로 짧은 시간이 아니다.

5년이라고 한다면…….

"6천 정도 되겠군요, 최저임금으로 따진다고 하면."

"뭐요!"

남자의 눈에 핏발이 섰다.

6천이라니!

당장 먹고 죽으려고 해도 돈이 없는 상황이다.

그런데 6천이라니?

"그게 가능합니까?"

"가능하다기보다는, 해 볼 만은 합니다. 확실하지는 않지
만요."

"그게 무슨……?"

"그래서 묻는 겁니다. 거기서 못 나오신다고 하면, 저희는

해 드릴 게 없구요."

"그건……."

남자는 곤혹스러운 얼굴이 되었다.

6천. 절대 팔자를 바꿀 만큼 많은 돈은 아니다.

하지만 그 돈이면, 최소한 이 바퀴벌레 천국에서는 벗어날 수 있을지도 모른다.

'어쩌면…… 집에 갈 수 있을지도…….'

그는 자신의 처지를 안다.

하지만 돌아갈 수가 없다.

게임에만 빠져 사는 자신을 집안에서 내놨으니까.

그러나 6천이면 절대 작은 돈이 아니다.

그걸 가지고 간다면 용서받을지도 모른다.

"으으으……."

"고민하시려면, 일단 왜 도리우스당에 들어갔는지부터 얘기해 보죠. 왜 들어가신 겁니까?"

"거기 안 들어가면 성장이 안 되니까요."

딱히 거기가 좋아서 들어간 건 아니다.

그들이 사냥터를 통제하는 탓에, 가입하지 않으면 제대로 성장하기는커녕 척살당해서 레벨이 떨어지기 때문이다.

"그들이 아무나, 원하는 대로 받아 주나요?"

"아니요. 서약서 쓰고 들어가야 하지요."

길드원으로서 길드 마스터에게 복종하고 충성을 다 바친

다는 일종의 서약서를 쓰지 않으면 받아 주지 않는다.

그리고 그들의 명령에 따라 정기적으로 임무를 수행해야
한다.

"그 임무가 뭔데요?"

"진짜 돈 주는 거 맞는 겁니까?"

"말씀해 주시는 것에 따라서요. 설사 안 된다고 해도, 저
와 만난 건 비밀로 해 드리지요. 그리고……."

노형진은 품에서 5만 원짜리 네 장을 꺼내 들었다.

"이건 별도로 드리고요."

꿀꺽!

눈앞에 들이밀리는 현금을 보고 남자는 침을 삼켰다.

이 돈이면 그동안 그토록 먹고 싶던 치킨을 사 먹을 수 있다.

"일단…… 길드에서 시키는 건 보통 네 가지예요."

첫 번째가 사냥터 통제.

사냥터를 지키고 있다가 들어오는 놈을 죽이는 것.

"그건 어느 정도 레벨이 높은 사람이 아니면 못 하니까……."

그러니 고렙인 그는 그런 일에 자주 동원되었다.

"두 번째는 척살이지요."

길드의 명령에 따라 척살령이 떨어진 사람들에 대한 척살
작업에 들어간다.

길드원이 척살 대상을 신고하면 고렙들이 가서 그가 부활
할 때마다 살해하는 것이다.

부활 장소는 대부분 정해져 있으니까.

"세 번째는 사냥이고요."

같이 사냥을 나가서 골드를 벌고 사냥을 한다.

그 와중에 일부를 길드에 상납한다.

"네 번째는 공성전이죠."

다른 길드가 성을 노리는 경우 동원되어서 전투를 치러야
한다.

"그렇군요."

"근데 그게 왜요?"

"그러면, 그 와중에 돈 받은 적 있습니까?"

"돈? 무슨 돈 말입니까?"

그는 어리둥절한 표정이 되었다.

그리고 그의 표정을 보면서, 노형진은 속으로 나이스를 외
쳤다.

예상대로였다.

자기 인생을 통제할 줄 모르는 자들이니, 알 리 없었다.

자신들이 지금 뭘 하는지 말이다.

"제가 지금부터 말씀드리는 게 바로 그 돈에 관한 문제입
니다."

"잠깐만…… 그걸 받기 위해서는 설마 도리우스당을 배신
해야 한다 이건가요?"

"네."

"그건 좀……."

어려워하는 그의 모습을 보고 노형진은 속으로 피식 웃었다.

안다, 이런 경우에는 그동안의 인맥 때문에, 미안해서 못 한다는 것을..

하지만 그다음도 안다, 결국 그 인맥이라는 것도 인터넷상의 얄팍한 인맥이라는 것을.

"안 하신다고 하면 어쩔 수 없지요. 다른 분들이 먼저 하실 겁니다. 하지만 그 부분은 알아 두세요. 현재 도리우스당이 가지고 있는 돈은 한정되어 있습니다. 그들이 이미 써 버린 돈이 있으니까요. 그 말은, 나중에는 그 돈을 받고 싶어도 못 받는다는 뜻입니다."

"뭐요?"

"그들이 번 돈을 그냥 다 쥐고 있지는 않을 거 아닙니까?"

"그건……."

남자는 잠깐 고민했다.

그리고 이내 결심했다, 이야기를 한번 들어 보는 정도는 나쁘지 않다고.

저쪽에서도, 거절한다 해도 도리우스당에 알리지 않는다고 했고, 딱히 불이익도 없으니까.

"이야기나 들어 봅시다."

"일단은 도리우스당이라는 곳의 시스템에 대해 이야기해 볼까요?"

도리우스당.

그곳은 전형적인 길드다.

그들은 성을 차지하고 세금을 모으고 사냥터를 통제해서 거기서 나오는 모든 아이템을 독식한다.

"그렇게 해서 매달 버는 돈이 적지 않더군요."

"무슨 돈을요?"

"현질이지요. 모르지는 않으실 텐데요?"

"그거야 그런데……."

실크로드를 하는 사람이 현질에 대해 모를 리 없다.

당연하게도 아주 잘 안다.

"회사 측과 이야기해 봤습니다. 소송을 했지요. 그 소문 아시죠?"

"네? 네, 아주 난리가 났었죠."

"그들의 평균 수익을 받아 봤지요."

그들이 파는 골드와 아이템의 현질 가격의 평균을 냈을 때, 그들이 한 달 평균 버는 돈은 1억 5천에서 1억 8천 사이였다.

"그…… 그렇게 많다고요?"

남자는 입을 쩍 벌렸다.

그동안 복지 차원에서 뿌리는 물약과 아이템을 받으며 고마워했는데, 이 금액이 진짜라면 그 정도는 말 그대로 새 발의 피나 마찬가지였던 셈이다.

물약과 아이템, 아무리 닥닥 긁어 봐야 500만 원도 안 될 테니까.

"네. 그거 아셨습니까?"

"알 리 없죠! 그건 전혀…….."

어이없어하는 남자.

노형진은 그런 그에게 천천히 이야기를 계속했다.

"그런데 그 내용을 보면 참 웃겨요. 매달 1억 5천, 최소 1년에 16억 이상의 수익이 납니다. 완전 기업 수준이지요. 그런데 인건비는 안 나가요. 왜일까요?"

"그건…….."

인건비가 나갈 리 없다.

회사가 아니니까.

"예를 들어 보지요. 이 정도 수익을 내는 회사가 있다고 합시다. 그 수익을 내기 위해 해야 하는 업무가 있지요. 길드가 회사이고, 그걸 지키기 위해 길드원은 각자의 임무를 합니다. 그건 업무의 영역이지요. 하지만 여러분은 그냥 게임이라고 생각하셨잖습니까?"

"그건…….."

맞는 말이다.

그냥 게임이라고 생각했다.

"적을 제압하고 돈을 벌어 오고 길드의 주 수입원인 성을 지키고 감시하고. 군대랑 똑같아요. 그런데 왜 여러분은 이렇게 가난할까요?"

"……."

간단하다.

돈을 안 주니까. 이건 그냥 게임이니까.

"그러면 그 돈은 누가 쓸까요?"

"아, 개새끼들."

길드 마스터와 그 일파.

"그러고 보니……."

남자는 그제야 그동안 무심코 넘어가던 부분이 생각났다.

평범한 길드원들은 이런 식으로 고생하는데, 정작 길마를 비롯한 그 일파는 그런 일을 전혀 하지 않는다.

그리고 레벨업에 집중하지도 않는다.

그냥 느긋하게 게임을 즐기고 주기적으로 아이템을 뿌려서 길드원들의 호감을 얻는다.

결국 그건 자신들이 벌어 온 것인데 말이다.

"그들은 게임에 정치질을 가지고 들어갔습니다. 그리고 돈이 있는 세계이지요. 자본주의가 안 들어갈 것 같습니까?"

'빠드득' 하고 이빨을 가는 남자.

"이걸 그냥 회사를 기준으로 삼으면, 당신은 5년간 무임금으로 노동해 준 겁니다. 당신뿐만 아니라 그런 일을 한 고렙들은 다 그런 거죠. 안 그런가요?"

"싯팔……."

멤버가 팔백 명이라고 하지만, 이런 일을 할 정도의 고렙 멤버는 결국 백 명 안팎이다.

나머지 칠백 명은 말 그대로 가끔 들어와서 게임을 즐기는 수준이다.

"5년. 최저임금으로 따진다고 해도 6천, 아니 8천은 넘을 겁니다."

"미친 새끼들……."

"이런 일을 하는 핵심 고렙은 몇 명이나 됩니까?"

"한…… 일흔 명 정도."

그중에서도 수뇌부를 빼고 나면 고작해야 예순 명 정도 될 것이다.

"여러분이 그동안 번 돈은 결국 수뇌부가 다 먹은 겁니다."

"으아! 이런 싯팔!"

그냥 게임이라 생각했다.

그래서 불이익을 당하지 않으려고 열심히 사냥하고 시키는 대로 했다.

그런데 이제 보니 그들은 자신들을 노예 삼아 배때기에 기름을 채우고 있었던 것이다.

"여러분이 증명해 주신다면 그걸 가지고 소송을 걸 수 있습니다."

"뭐라고요?"

"생각해 보세요. 단순한 게임 내 길드가 아닙니다. 현행법상 사업 신고를 하지 않아도 수익이 나면 세금을 내야 합니다."

도리우스당은 수익은 있었지만 신고도 하지 않았고, 당연히 직원들(?)에게 임금도 지급하지 않았다.

그리고 그런 만큼 자기들이 펑펑 쓰고 다녔다.

다른 길드원들이 컵라면을 먹으며 싸우다가 죽어서 레벨 다운을 당하고 있을 때, 그들은 비즈니스석을 타고 해외여행을 다녔다.

"법정으로 가서 싸우면 충분히 근무로 인정받을 수 있습니다."

"근무……."

근무, 자신이 일해서 돈을 벌었다는 증거.

'아, 씨발…….'

게임에 빠져서, 지금까지 자신은 돈도 못 버는 버러지 식충이 취급을 받았다.

그런데 지금 노형진의 말을 들어 보면 자신은 멀쩡하게 일하고 있었는데 돈을 못 받은 것이었다.

"다른 분은 어떤가요?"

"그건……."

"대부분 비슷하시지 않나요?"

"그래요. 다 그렇지, 뭐."

하루에 열두 시간 이상, 보통 열여섯 시간, 즉 먹고 자고 싸는 시간을 제외하면 게임만 하는 자들이다.

대부분 집에서 식충이나 인생 패배자 취급을 받는다.

"그분들이 적당한 대가를 받을 수 있습니다. 물론 선착순입니다만."

"선착순?"

"말씀드렸잖습니까? 그놈들이 이미 써 버린 돈이 많을 거라고요. 재판에서 이겨도, 돈 없다고 못 주면 못 받는 거죠."

꿀꺽!

남자는 침을 삼켰다. 그리고 주먹을 꽉 쥐었다.

손이 부들부들 떨렸다.

자신이 몇 년간 열심히 키운 캐릭터. 그게 어째서인지 원수처럼 느껴졌다.

'내가 멍청했구나.'

자신을 노예 취급하는 자들을 위해 인생의 5년을, 그것도 가장 황금 같은 시기를 날렸다.

우정이고 길드의 의리라고 생각해 왔지만, 사실 5년간 얼굴을 마주한 적은 채 열 번도 되지 않는, 온라인상의 얄팍한 인연.

"그거 확실한 겁니까?"

"해 봐야지요. 하지만 안 하셔도, 어차피 그 돈은 사라집니다."

"뭐요!"

"법조계에는 이런 말이 있지요. 수익이 있으면 세금도 있다."

"수익이 있으면 세금도 있다?"

"네."

수익이 있으면 세금도 내야 한다.

하지만 그들이 현금 거래인 현질을 하면서 과연 세금을 냈을까?

"이 경우는 탈세에 들어갑니다. 그리고 탈세의 경우, 그 처벌이 어마어마하지요."

일단 이 경우 과세 구간은 38%다.

그리고 탈세를 하다가 걸리면 50%의 추가금이 붙는다.

따라서 무려 52% 세금을 내야 한다.

거기에다가 어마어마한 범칙금도 내야 하고.

"보통 탈세를 하면 총수익의 70%에서 80%의 돈을 내야 합니다."

"허억!"

"그리고 탈세에 관련된 증거는 이미 다 확보되어 있습니다. 저희는 이것만 넣으면 끝이지요."

"허억!"

물론 뻥이다.

그런 증거는 없다.

사실 증거라고 하기는 애매하다.

눈앞에 있는 이 남자가 바로 그 탈세의 증거니까.

그가 소송을 거는 순간 증거가 확정된다.

"그들이 지난 5년간 이미 써 버린 돈이 꽤 될 겁니다. 그런데 과연 80%의 세금을 낸 후에도 남는 게 있을까요?"

"그 말은?"

"지금 먼저 소송해서 받아 내지 않으면 단 한 푼도 못 받는다는 겁니다. 물론 임금의 경우 다른 것보다 좀 더 우선권이 있지요. 증거가 우리한테 있는 만큼, 일단 우리 소송이 끝나서 돈을 다 받아 내고 나면 아마 돈 못 받는 사람은 우리가 아니라 정부가 될 겁니다."

"이런 씨발! 씨발!"

이런 식이면 자신들이 선택할 수 있는 카드는 하나뿐이다.

길마와 그 주변 개자식들의 모가지를 날려 버리는 것.

"어차피 날아갈 길드입니다. 돈은 챙기시지요."

"하지만……."

그는 곤란한 표정이 되었다.

"돈이 없어요."

소송을 하려면 돈이 있어야 한다.

하지만 당장 방세를 낼 돈도 없는데 돈이 있을 리 없다.

변호사를 선임하지 않으면 이길 수가 없는 싸움이다.

자신들이 뭘 알아야 싸울 수 있지 않겠는가?

하지만 아는 게 없다.

거기에다 노형진의 말에 따르면 그 새끼들은 돈을 빵빵하게 가지고 있으니, 변호사를 사서 대응할 수도 있다.

"그래서 말인데요, 방법이 있습니다."

"무슨 방법요?"

"취업, 안 하시겠습니까?"

⚖

"형진아."

"왜?"

"뽀뽀해 줘도 되냐?"

"지랄한다."

박규호의 눈은 초롱초롱 빛나고 있었다.

노형진이 생각지도 못한 방법으로 자신을 도와줬다.

상대방의 고렙을 설득해서 반란을 준비한 것이다.

단순히 반란이 아니다.

자신과 짜고, 자신이 그 성을 먹는다.

그 대신에 자신은 변호사 비용을 내 주고 그들을 고용한다.

"충분히 뒤집을 수 있는 거 맞아?"

"당연하지. 그 애들 말이 맞는다면 이건 이미 끝난 싸움이야."

그들이 전체 전력의 70% 이상을 차지할 만큼 고렙이다.

렙이 높을수록 강해지는 게 게임인데, 그들을 부려 먹기 위해 도리우스당에서 적극적으로 키워 줬기 때문이다.

"레벨이 10이나 차이가 나면 아무리 날고뛰어도 그 애들

못 이겨. 그 차이를 이기려면 못해도 스무 명은 있어야 해."

그것도 따로따로 있을 때의 이야기다.

하지만 지금은 같이 뭉쳐 있는 상황.

아마 그들이 칼질을 하기 시작하면 안쪽 병력은 말 그대로 쓸려 갈 것이다.

"으미, 성이라니! 성이라니! 우후후."

졸지에 성주가 된다는 생각에 박규호는 흥분을 감추지 못했다.

"계약이나 지켜."

"당연하지."

그들이 도리우스당을 배신하고 오는 대신에, 박규호는 정식으로 회사를 만들고 그들을 취업시켜 주기로 했다.

그 회사의 업무는 게임 내 성의 관리 및 게임 내 질서 유지.

박규호는 PC방을 운영하니 자리 몇 개 만들어 주는 건 어려운 일이 아니다.

"자기 직장을 잃어버리기 싫어서라도 열심히 하겠지."

노형진은 그 말을 하면서 시선을 돌렸다.

화면에는 그들의 성이 보였다.

시간이 점점 흐르고, 드디어 공성전이 시작되었다.

박규호는 당장 마이크에 대고 소리를 질렀다.

물론 박규호의 길드는 소규모다.

그들이 성을 탈환하고 사냥터 통제를 푸는 걸 목표로 공성전을 걸자 몇몇 길드가 참전하기는 했지만, 여전히 열세.

하지만 질 리 없었다.

"전군 돌격!"

⚖️

"뭐야, 이거!"

도리우스당의 길마인 양대신은 갑작스러운 상황이 이해가 가지 않았다.

길드전은 기습이 인정되지 않는다.

사흘 전에 미리 선전포고를 하고 해야 한다.

그건 시스템상 어쩔 수 없기 때문에 알고 있다.

싸움을 걸어온 건 고작해야 조그만 길드 몇 놈들.

그들이 덤빈다고 해서 문제가 될 것은 없다.

그런데 공성전이 벌어지는 순간, 채팅 창에 생각지도 못한 메시지가 떠올랐다.

그것도 한두 개가 아니었다.


-엄마백원만 님이 길드를 탈퇴했습니다.

-나가놀아 님이 길드를 탈퇴했습니다.

-울끈불끈 님이 길드를 탈퇴했습니다.

-인간성기삽니다 님이 길드를 탈퇴했습니다.

─엄머재흙먹어 님이 길드를 탈퇴했습니다.

(후략)


갑자기 줄줄이 떠오르는 길드 탈퇴 메시지.

그들은 모두 길드의 주력이 되는 최고 레벨들이었다.

"이거 뭐야?"

"어, 형? 이거 뭐야? 이 새끼들 왜 이래?"

같은 PC방에 있던 다른 사람들 역시 어이가 없어서 당혹감을 감추지 못했다.

멀쩡하던 길드원들이 갑자기 우르르 탈퇴를 하다니.

"버그 아니야?"

"뭔 버그가 이럴 때 터지는 거야!"

말도 안 되는 일이라고 생각했다.

그래서 버그라 생각했다.

그러나.

"어?"

"왜?"

"이름이 바뀌었어!"

"뭐가?"

"이 새끼들 이름이, 아니 아니, 길드명이!"

각 캐릭터의 닉네임 아래에는 소속 길드명이 뜬다.

그런데 탈퇴한 길드원들의 소속 길드명이 갑자기 천지신

명 길드로 바뀐 것이다.

"천지신명?"

"이거 저 새끼들 아니야?"

천지신명 길드.

자신들을 치는, 소규모 길드들을 모은 새끼들이다.

그리고…….

"억!"

"뭐야, 이 새끼들!"

갑자기 소속이 바뀐 상대방 캐릭터들이 미친 듯이 주변을 공격하기 시작했다.

전쟁에 대비해서 전투를 준비하고 있었지만 애초에 그들보다 레벨이 낮은 자들이 대부분이었고, 1차 요격을 위해 강한 자들이 바깥에 나가 있어서 막을 수가 없었다.

"어억!"

"넌 뭐야!"

"형님! 이 새끼들이 미쳤어!"

다른 자리에서도 난리가 났다. 요격 팀 역시 갑자기 팀 내부에서 칼부림이 나기 시작한 것이다. 그들이 다급하게 반격해 보았지만, 애초에 레벨 차이가 너무 심했다.

그리고 때맞춰 성문이 부서지고 다른 길드가 성 내부에 난입하자, 유일한 이점이었던 수적 우세마저도 뒤집어졌다.

"형! 어떻게 해 봐!"

갑작스러운 상황이 이해가 가지 않은 누군가 외쳤고, 양대신은 다급하게 전화를 들었다. 그리고 선두에서 거대한 도끼를 휘두르고 있는 전사에게 전화를 걸었다.

－여보세요.

느긋하게 전화를 받는 목소리.

하지만 양대신은 조금도 느긋하지 못했다.

"너 뭐 하는 거야, 이 새끼야!"

전화기 너머에서 들리는 목소리.

－왕위를 계승하는 중입니다, 길마님.

"뭐라고? 너 무슨 짓을……!"

그 순간 양대신의 캐릭터가 바닥으로 쓰러졌다.

그리고 천천히 올라가는 광전사.

공성전의 규칙은 간단하다.

적을 제압하고 성 내부의 왕좌를 차지하면 된다.

그리고 양대신의 캐릭터의 목을 친 광전사가 그 자리에 서는 순간, '공선전이 종료되었습니다. 천지신명 길드가 승리하였습니다.'라는 글자가 창에 떠올랐다.

전화기 너머에서는 '뚜-' 하는 소리만 길게 울리고 있었다.

⚖️

공성전이 끝난 후 천지신명 길드는 사냥터 통제를 풀었다.

물론 대신 통제하려고 헛짓거리 하는 길드가 없는 건 아니었지만, 천지신명 길드로 전향한 최고렙들이 그들에 대한 척살을 시작하자 순식간에 정리되었다.

레벨이 정체되어 있던 유저들이 한꺼번에 몰리다 보니 문제가 없는 건 아니었지만, 사냥터에서 시간 사용 규정을 만들면서 그럭저럭 제대로 돌아가고 있었다.

딱 한 곳만 빼고.

"도리우스당인지 도리도리뱅뱅인지, 그 새끼들은 뭐라냐?"

"난리 났지, 뭐. 이거 속임수라고, 당상 성 내놓으라고."

"지랄한다."

노형진은 코웃음을 쳤다.

그런다고 성을 줄 리도 없다.

설사 소송한다고 해도 소송거리도 안 되고.

"다른 성도 조만간 접수할 거야."

"어렵지는 않겠어?"

"어렵지는 않을걸."

이미 이쪽은 저력을 보여 줬다.

관망하던 다른 길드들이 적극적으로 참여했고, 최고렙들이 최전방에 서기로 했다.

그와 동시에 도리우스당 소속의 저렙들에 대한 설득 작업이 시작되었다.

그들의 이탈 또한 가속되고 있었고, 이제는 수적으로도 질적으로도 천지신명 길드가 압도적으로 우세했다.

"이건 게임 역사상 길이 남을 일이야."

"그건 그쪽 세계 이야기고."

노형진은 피식 웃으며 다음 소장을 들었다.

"과연 그쪽에서는 이 소장을 보고 뭐라고 할지 참 궁금하네."

⚖

"체불임금이라니요! 저희는 게임을 한 거지 일을 한 게 아닙니다!"

양대신은 억울하다는 듯 외쳤다.

하지만 이미 증거는 넘쳤다.

"그래요? 하지만 이미 게임 내에서 명령을 내렸다는 증거가 있는데요?"

"그건 길드 내에서 있었던 그냥 단순 명령이고……."

그가 자꾸 나서자 옆에 있던 변호사가 그를 붙잡았다.

"진정하세요. 이러면 제가 변론을 못 합니다."

"네……."

그가 자리에 앉자 변호사는 한숨을 쉬며 일어났다.

"재판장님, 이번 일을 근무의 영역으로 넣을 수 있는지는 확실하지 않습니다. 일단 근로계약서가 없지 않습니까?"

"재판장님, 길드에 가입할 때는 기본적으로 충성 서약서에 사인을 해야 합니다. 물론 요식행위로 보일 수도 있지만 길드 마스터의 명령에 따라야 한다는 명시적인 언급이 있는 이상, 이를 일종의 근로계약서로 봐야 할 것입니다."

"그건 어디까지나 게임 내에서 벌어진 일입니다. 그러니 그로 인해 현실에 영향을 줄 수는 없습니다."

"하지만 피고 측은 분명히 그 돈을 벌지 않았나요?"

"그거야 그렇지만, 그건 어디까지나 길드를 유지하기 위한 방편으로서……."

노형진은 코웃음을 쳤다.

"피고 측 변호인, 의뢰인이 매달 수익이 얼마나 나오는지 말 안 해 주던가요?"

"에……."

그는 약간 당황했다.

정말 몰랐으니까.

"매달 400만 원 정도의 수익이 나서 그걸 길드 유지비로 썼습니다. 이를 증명하기 위해 길드에서 길드원들에게 지급한 내역을 제출합니다."

"매달 400요? 매일 400이겠지요."

"그게 무슨 말입니까?"

"말 그대로입니다. 재판장님, 여기, 서비스 업체인 엔터릭스에서 제출한 수익률 증명서입니다. 게임 내 재화인 골드로 표시되어 있어, 현 시간을 기준으로 현금화했을 때를 기준으로 환전한 금액을 뒷면에 적어 놨습니다. 이 기준에 따르면 매달 1억 5천에서 1억 8천의 수익이 발생했습니다. 현재 게임 내 골드의 가치가 많이 낮아졌으나, 그들이 길드를 만들고 장기 집권을 시작한 시점을 기준으로 한다면 매달 5억에서 6억에 달했습니다. 6년간의 기록을 평균으로 낸다면, 매달 2억 5천에서 2억 8천 정도의 현금이 발생한 셈입니다."

"헉!"

상대방 변호사는 눈을 크게 뜨고 양대신을 바라보았다.

'쯧쯧, 의뢰인을 너무 믿으면 안 되지.'

의뢰인은 자기에게 유리한 부분만 말하려고 하는 성향이 있다.

당연히 최대한 줄여서 말했을 수밖에 없다.

"그건…… 몰랐던 사실이군요."

"매달 평균 2억 5천의 수익 중 길드 유지에 들어간 돈은 400만 원 선입니다. 딱 피고 측이 주장하는 선이지요. 하지만 피고 측은 나머지 금액인 2억 4,600만 원의 사용처에 대해서는 아무런 말도 없습니다."

"그건……."

"특히나 업무의 부분도 그렇습니다. 단순히 게임을 즐기는 게 아니라, 척살조와 경비조 그리고 작업조 등 각 조를 치밀하게 나누고 근무시간을 배정하여 각 유저들은 해당 시간에 정해진 장소에서 근무하도록 하는 등, 사실상 기업과 같은 형태로 운영되었습니다."

"……"

"또한 자신의 근무시간에 접속하지 못하는 길드원은 게임 내 화폐인 골드로 벌금을 내게끔 되어 있습니다. 그 벌금을 현금으로 따지만 하루 2만 원 정도입니다. 게임이라면 그럴 이유가 없지요. 명백하게 근무 체계와 상벌 제도를 갖추고 있는 사업 구조를 가지고 있는 것입니다."

이러면 빼도 박도 못 하고 임금 체불이다.

더군다나 사업자 신고도 없이 이 정도의 돈을 벌어들인다면, 이건 정부에서도 세무조사의 대상이 될 수밖에 없었다.

"변호사님."

"이건 방법이 없어요."

피고 측 변호사는 어쩔 수 없다는 듯 어깨를 으쓱했다.

아무리 자신이 돈을 받고 싸운다고 하지만, 방법이 없는데 이긴다고 확신할 수가 없었다.

"어째서 그런 겁니까?"

"그건……."

바들바들 떠는 양대신.

그동안 누리면서 편하게 살았는데, 그 모든 게 이렇게 한 순간에 죄가 되어 돌아올 줄은 몰랐다.

"그뿐만 아닙니다. 그들은 길드를 탈퇴하거나 반기를 드는 사람에 대해 척살령을 내리고, 사실상 게임을 접는 순간까지 아무런 행동도 하지 못하게 했습니다. 이건 그들의 행동이 전자적 세계인 게임 세계에서 벌어졌을 뿐, 현실로 보자면 폭력 조직과 비슷한 성향을 보인 것입니다."

"게임 캐릭터가 본인은 아니지 않습니까?"

"저는 그 사건에 대해 보상을 주장하는 게 아닙니다. 그들의 성향을 언급하는 것입니다. 그들의 사냥터 통제 행위 역시, 자신들의 권력 유지와 수익 창출을 위해 이루어진 일이었습니다."

"……."

"그 사냥터에서 얻은 아이템은 길드에서 구매하고, 길드는 해당 아이템을 다시 현금화하는 수법으로 수익을 창출했습니다. 원고 중 한 명은 시중가 400만 원짜리 아이템을 사냥터에서 얻었으나 길드로부터 대략 1천 골드, 즉 시중가 10만 원만을 받고 넘겨야 했습니다. 그 후 피고는 그걸 인터넷 사이트에 현금 400만 원에 올려 약 390만 원의 차익을 착복했습니다."

그들이 저지른 일은 한두 가지가 아니었다.

피고 측 주장만 듣고 온 상대방 변호사는 당혹감을 감추지 못했지만, 어찌 되었건 변론은 해야 하는 상황.

"재판장님, 하지만 길드라는 것에 대해 생각해 봐야 합니다. 애초에 길드라는 것은 집합이나 모임 같은 개념입니다. 길드의 역사 역시 직공들이 모여서 만들어진 것이었고, 그들에게 상하의 구분은 없습니다. 당연히 피고는 그러한 길드의 일원일 뿐 고용주가 아닙니다. 그런데 이제 와서 그가 고용주라고 주장하는 것은, 아무런 계약도 없는 상황에서 어불성설이라고 할 수 있습니다."

역시 그 부분이 문제였다.

자발적으로 가입했다는 것.

그리고 그들의 행동을 과연 업무로 볼 수 있느냐는 것.

"그는 길드 마스터라는 직위를 가지고 있을 뿐 다른 유저들과 동등한 입장이었고, 그 과정에서 그가 대표로서 외부의 업무를 보거나 한 정황은 없습니다. 즉, 사용자로서 외부에 표시될 상황이 없는 정황에서, 그가 돈을 벌었다는 이유만으로 그에게 임금을 요구하는 것은 문제가 있다고 보입니다."

상대방의 주장은 참으로 깔끔했다.

확실히 단순히 게임 내에서 길드를 대표했다고 해서 그가 대표라고 할 수는 없으며, 게임 내의 길드 자체가 자발적으로 모인 사람들의 집단인 것도 맞다.

"물론 탈퇴를 하는 사람들에 대해 척살령을 내리거나 한 것은 분명히 잘못된 행동입니다만, 그러한 행동은 도덕적으로 잘못된 것이지 법적으로 잘못된 것은 아닙니다."

'말 잘하네.'

게임 내에서 척살령을 내린다고 한들, 법적으로 그걸 어찌할 수 있는 방법은 없다.

물론 하려고 한다면 어떤 식으로든 방법을 찾을 수 있을지도 모르지만, 민사는 될지언정 형사는 절대 성립할 수가 없다.

상대방 변호사는 그 부분을 정확하게 지적한 것이다.

노형진은 고개를 끄덕거렸다.

"확실히 길드는 개개인이 자발적으로 모여서 만들어지는 것이지 회사처럼 만들어지는 것은 아니지요. 하지만……."

"'하지만'이 아닙니다. 개개인이 선택한 것에 대한 책임은 개개인이 지는 것입니다. 물론 피고 측이 그 과정에서 어느 정도 개인적 욕심을 챙겼을 수는 있지만, 개개인의 선택인 만큼 그건 인정할 수밖에 없는 부분이라고 생각합니다. 만일 자신의 선택이 잘못되었다고 판단했다면, 언제든 떠나면 그만인 일이었습니다."

"하지만 아까도 말했다시피 그들은 탈퇴하는 순간 척살령을 내리고……."

"척살령은 법적으로 아무런 효과도 없습니다. 게임이 그거 하나만 있는 것도 아니고, 다른 게임을 해도 되는 겁니다. 거대 길드의 운영자로서 단합을 위해 읍참마속의 마음으로 척살령을 내렸다 한들, 캐릭터가 죽었다는 이유로 형사적 처벌이나 민사적 배상을 요구할 수는 없습니다."

자신이 주도권을 잡았다고 생각한 것인지 상대방 변호사는 공격을 멈추지 않았다.

노형진이 말을 하려고 할 때마다 계속 미리미리 끊고 들어

왔다.

"그러므로 피고 양대신이 사용자라는 주장은 잘못된 것이며, 당연히 그가 지급해야 한다는 임금 역시 지불할 의무가 없다 할 것입니다."

상대방 변호사는 자신의 말에 아무런 반박도 하지 못하는 노형진을 보면서 승리의 쾌감을 느꼈다.

'역시 허점이 있었어.'

회사가 아니라면, 사용자가 아니라면 임금을 지불할 이유는 없다.

"뭐야, 이거?"

"변호사님! 돈 받을 수 있다면서요!"

도리우스당 출신 길드원들은 다급해졌다.

돈을 받을 수 있다고 생각해서 여기까지 온 건데, 노형진이 방어는커녕 질질 끌려갔기 때문이다.

"음…… 피고는 어떻게 생각하십니까?"

그런데 의외로 노형진은 당황하거나 놀라지 않았다.

도리어 느긋하게 미소 지었다.

"네?"

"지금 피고 측 변호인의 말에 동의하시냐 그 말입니다."

"동의합니다."

뿌듯한 표정을 하는 자신의 변호사를 보면서 양대신은 다급하게 말했다.

변호사가 저런 표정을 한다면 자신에게 유리하다는 뜻이기 때문이다.

"재판장님."

노형진은 고개를 끄덕거리고 몸을 돌렸다.

"청구 취지 변경서와 청구 원인 변경서를 제출하겠습니다."

"응?"

노형진의 말에 상대방 변호사는 어리둥절했다.

청구 취지 변경서라니?

"피고가 주장한 대로, 피고는 일반 유저로서 길드를 운영한 사람입니다. 당연히 그가 사업을 하거나 대표로서 외부적 사업 활동을 하지 않았으므로, 그 역시 길드원일 뿐 사용자가 아니라는 점이 인정된다고 보입니다."

당당한 노형진의 말.

그 말을 듣는 상대방 변호사는 왠지 불안해졌다.

"그러므로 청구 취지를 체불임금에서 업무상 배임 및 횡령으로, 그리고 청구 원인을 조합원에 대한 배당금 반환 청구로 바꾸도록 하겠습니다. 길드라는 것은 현시대로 보면 가장 비슷한 형태가 협동조합이고, 그들의 활동 형태 역시 협동조합과 비슷하니까요."

"그게 무슨……?"

"헉!"

다른 사람들은 노형진의 말을 이해하지 못하고 어리둥절

한 표정이 되었다.

하지만 상대방 변호사는 자신이 당했다는 사실을 알아채고는 눈을 크게 떴다.

'설마 내가 이 말을 꺼내기를 기다리고 있었단 말인가?'

그런데 자신은 아무것도 모르고 그런 소리를 했고, 피고는 인정했다.

이러면 빼도 박도 못 한다.

변경은 꿈도 꾸지 않았던 방법이었다.

"이게 좋은 건가요?"

뒤에서 보던 사람들은 어리둥절해했다.

좋은 건지 뭔지, 전혀 이해가 가지 않았기 때문이다.

그들과 함께 있던 손채림은 씩 웃으며 설명해 주었다.

"여러분이 받을 돈은 최저임금으로 계산한 것이었어요. 그러자 저쪽은 조합의 형태라고 주장한 거고요."

"그런데요?"

"그러니 임금은 못 받아요."

얼굴에 실망이 가득해지는 사람들.

하지만 그다음 순간 얼굴에 다시 희망이 가득하게 변하는 기상천외한 모습을 보여 줬다.

"대신에 그들이 벌어들인 돈을 N분의 1로 나눠서 받을 수 있어요. 당연히 그 돈이 훨씬 많을걸요."

그리고 자신이 노형진의 함정에 빠진 것을 알아차린 양대신은 몸부림을 칠 수밖에 없었다.

"이건 아니야! 재판장님! 제가 한 말 취소할래요! 제가 한 말 취소할게요! 진짜 아닙니다! 아니에요!"

그러나 누구도 그의 말을 들어 주지 않았다.

"얼씨구나, 좋다."

그 이후로 게임을 하던 유저들이 새론으로 몰려들었다.

사냥터 통제로 인해 사실상 게임을 포기해야 했던 사람들과, 페인으로 길드를 위해 충성만 바쳐야 했던 사람들.

그들이 자신의 정당한 권리를 찾으려고 모여들고 있었던 것이다.

"넌 그냥 앉아서 날로 먹는구나."

"점쟁이가 그러더라. 나는 그냥 앉아 있어도 먹을 게 입으로 날아오는 팔자래."

"뭔 놈의 팔자가……."

박규호는 그런 그들을 포섭해서 각 서버에 자기 길드를 만들고 소송비를 지원하고 성을 빼앗고 있었다.

노형진 덕분에 전 서버 길드 일통이라는 허무맹랑한 일이 벌어지기 직전이었다.

기존 길드를 운영하던 자들은 있는 자금을 빼서 모조리 튀었고, 성은 말 그대로 무주공산이 되었으며, 사냥터 통제를 하던 길드들은 서로가 서로를 고소하면서 사냥하는 처지가 되어 버렸다.

"하여간 네 덕분에 더러운 새끼들이 싹 사라지니까 게임 할 맛 난다."

"접는다며?"

"더러운 꼴 안 보게 됐는데 내가 왜?"

씩 웃는 박규호.

"하여간 덕분에 엉뚱한 기업 하나 생겼네. 이거야말로 창 조 경제다, 진짜."

"큭."

"응? 왜 웃어?"

"아니야. 생각나는 사람이 있어서."

노형진은 실실 웃었다.

"하여간 난 제대로 운영할게."

"약속한 것도 잊지 말고."

"물론 지키지. 원하는 사람들에 한해서지만."

그가 약속한 것.

그건 다름 아닌 게임 중독 치료다.

게임이라는 것이 현재는 많은 돈을 벌 수 있다.

그리고 이번 일로 고렙들은 월급을 받고 게임 내의 안정을 지키는 일을 하게 되었다.

자신이 좋아하는 일을 하면서 동시에 돈도 버는 것이다.

"하지만 게임이 영원히 서비스되지는 않아. 그러니 그들이 세상에 나갈 준비를 해 줘."

"알았어. 하여간 넌 옛날부터 오지라퍼야."

"어쩌겠냐."

"그래서 말인데……."

"응? 뭔데? 무슨 이야기 하려고 이렇게 분위기를 잡아?"

진지하게 물어보는 박규호.

"동생 예쁘냐?"

"님은 누구세요?"

죽음은 공평하지 않다

　일반적으로 변호사들에게 오는 사건들은 정해진 패턴에 따른다.

　그럴 수밖에 없는 것이, 변호사라는 직업은 법률적 조언자.

　노형진처럼 좀 확장해서 생각한다고 해도, 조언자 이상의 의미는 없기 때문이다.

　하지만 아주 특수한 경우가 종종 있는데, 아직 사건이 성립되지 않은 상황에서 의뢰를 맡기는 것이다.

　"실종 사건을 제가 맡아 달라고요?"

　"그래."

　"하지만 실종 사건은 제 소관이 아닌데요."

　"하지만 자네에게는 나름 능력이 있지 않나?"

노형진은 송정한의 말에 머리를 긁적거렸다.

송정한은 노형진의 능력을 알고 있다.

하지만 거의 언급하지 않는다.

"너무 기대는 건 좀 그런데……."

"알고 있네. 하지만 쓰지 말아야 할 데 쓰는 게 문제지, 써야 하는 데 쓰는 건 문제가 아니지 않나?"

"하긴, 그렇지요."

노형진은 그 능력을 이용해서 송정한의 개인적 사건을 해결해 줬다.

그 사건이 커지는 것을 생각하면 아끼는 게 답은 아니었던 탓이다.

"더군다나 다른 변호사들에게 방법을 전수할 만한 사건도 아니고."

"무슨 뜻인지 알겠습니다."

노형진이 능력을 쓰지 않는 가장 큰 이유.

변론의 방법을 개발하는 것이 그의 임무인데, 능력을 쓰면 그 일이 불가능해지기 때문이다.

"실종에는 방법이 없으니까요."

"그래."

송정한은 걱정스러운 표정으로 말했다.

"선거 준비도 바쁘신데……."

"알고 있네. 문제는 말이야, 그렇다 해도 할 건 해야 한다

는 거야. 내가 선거에 출마하는 건 좋은 세상을 만들기 위해
서지 권력을 잡기 위해서가 아니지 않나?"

"충분히 이해했습니다."

후보자 사전 등록이 끝난 시점이다.

송정한은 국회의원 선거에 출마하기 위해 한창 바쁘게 활
동해야 하는 시점인 것이다.

"그런데도 불구하고 절 부르신 걸 보면……."

이곳은 새론의 사무실이 아니다.

송정한의 선거 사무실이다.

"사실은 내 지역구에서 이상한 일이 있었네."

"지역구요?"

"아니, 지역구라기보다는 그냥 서울이라고 해야 하나?"

그가 출마한 지역은 서울이다.

고향은 아니라고 하나, 서울에서 한평생을 살아왔고 인맥
도 거기에 있으니까.

"이상한 일이라고 하신다면?"

"실종자들이 좀 많아."

"실종자요?"

"그래."

"그건 어떻게 아신 겁니까?"

일반적으로 실종은 경찰의 소관이기 때문에 정치인이 알
수는 없다.

그런데 그는 정치인은커녕 아직 본후보 등록도 하지 않았다.

"예비 후보가 된 후 주변을 둘러보게 되었지, 도움이 필요한 사람들에게 손을 내밀기 위해서. 그런데 돌아다니다 보니 이런 게 뿌려져 있더군."

그는 옆에 있는 작은 서랍에서 전단지 한 장을 꺼내 스윽 내밀었다.

"이건? 사람을 찾는 전단지네요?"

"그래."

흔하게 볼 수 있는, 사람을 찾는다는 전단지.

"그런데 이게 왜요? 흔하지 않습니까? 송 대표님, 아니 후보님이라고 해 드릴까요?"

"뭐든 상관없네. 중요한 건 이 사람이지."

노형진의 말에 송정한은 진중한 얼굴로 말했다.

"사람들은 이런 데엔 그다지 신경 쓰지 않네. 하지만 요즘 이 주변에 묘하게 실종된 이를 찾는 사람들이 많은 것 같더군."

"그래요?"

"몇 번 찾아오기도 했고."

"송 대표님을요?"

"다급하면 뭐든 하려고 하는 게 사람 아닌가?"

"끄응…… 그건 그렇지요."

경찰에 신고해도, 실종자에 대한 수사는 거의 이루어지지 않는다고 봐도 무방하다.

돌아오면 좋은 거고 아니면 마는 거고.

명백한 범죄의 정황이 보이지 않으면 경찰은 움직이지 않는다.

"그래서 후보자들마다 찾아다니면서 부탁을 하더군."

"본후보도 아닌데요?"

"그만큼 다급한 게지."

"하지만 결과는 그다지 도움이 되지 않을 텐데."

"그렇지."

자기 인생을 건 일생일대의 싸움을 앞둔 상태에서 실종된 가족을 찾아 달라는 이야기를 듣는다 한들 거기에 관심을 가질 정치인은 없다.

"나도 시간적으로는 솔직히 힘들고."

"그래서 저를 부르신 거군요."

"가난한 변호사들을 부려 먹을 수는 없지, 허허허."

"하하하."

가난한 변호사들.

주변에서 새론의 변호사들을 보는 시선이다.

다른 곳보다 훨씬 싼 수임료로 일하기 때문에 돈이 없다고 생각하는 거다.

물론 그들은 새론이 노형진의 도움으로 어마어마한 투자 수익을 내서 소속 변호사들에게 나눠 준다는 걸 잘 모르지만.

"진짜 가난해서는 아니겠고⋯⋯."

"실종자들을 찾는 데에는 자네의 도움이 최고 아니겠는가?"

기억을 읽을 수 있는 노형진의 능력.

그걸 이용한다면 실종자들을 찾을 수 있을지도 모른다.

"돈은 안 되겠지만."

"제가 언제 돈 보고 일했습니까?"

돈만 본다면, 지금 이렇게 일할 이유 자체가 없다.

"제가 그 사건을 맡지요. 그래서, 일단 이분을 추적해 보면 됩니까?"

"아까 말하지 않았나?"

송정한은 몸을 스윽 돌렸다.

그리고 서랍에서 뭔가를 꺼내서 올려놨다.

"많다고."

그걸 본 노형진의 눈이 꿈틀거렸다.

⚖

"생각보다 많은걸."

"그러게."

노형진은 전단지를 살피는 내내 얼굴이 상당히 어두웠다.

기껏해야 한두 명이라고 생각했다.

그런데 실종자가 무려 여섯 명이다.

"한 지역에서 이만큼 사라진 거야?"

손채림은 고개를 갸웃했다.

그녀 역시 돈 때문에 일할 이유는 없었기 때문에 노형진을 적극적으로 도와주기로 했다.

"아니, 그건 아니고, 그 지역구에서 뿌려진 전단지라는 거지."

"지역구에서 뿌려진 전단지?"

"그래."

"그게 중요한가?"

"중요하지. 봐 봐, 주소지가 다 다르잖아."

전단지에는 정확한 주소가 적혀 있지는 않다.

하지만 사는 곳, 또는 살던 곳이 적혀 있었다.

"그런데 굳이 여기까지 와서 뿌린다는 건 한 가지 이유뿐인 거지. 여기서 실종되었다고 생각할 만한 근거가 있는 경우, 또는 실종자들에게 연관성이 있는 경우."

"그건 그런데……."

손채림은 기록을 쫘악 보면서 고개를 갸웃했다.

"이해가 안 가는데? 전혀 공통점이 없잖아."

"그렇지?"

실종자는 여섯 명이다.

그리고 그들 사이에는 그 어떤 공통점도 없었다.

"노인이 두 명인데 남녀이고, 젊은 사람이 세 명이야. 남자 둘, 여자 하나. 그리고 어린애 한 명, 그것도 남자애. 이거 좀, 기존의 범죄랑 영 안 맞는데?"

일반적으로 실종에는 이유가 있다.

그런데 여기서는 그게 안 맞는다.

"노인들이라면 치매 같은 게 이유가 되겠지만 그런 것치고는 젊은 사람이 많고, 애들을 납치했다고 보기에는 나이 먹은 사람들이 훨씬 많고, 젊은 사람을 납치했다고 보기에는 다른 사람들이 걸리고, 여자를 노렸다고 보기에는 남자가 훨씬 많단 말이지, 뭐야, 이거?"

손채림은 머리를 긁적거렸다.

그녀도 여기서 일하면서 반쯤 수사관이 되어 가고 있었지만, 보통 이런 식으로 중구난방으로 실종되는 경우는 없었다.

"우연 아니야?"

"우연일 수도 있겠지. 하지만 우연이 아니라면 무슨 일이 벌어지겠어?"

"끔찍한 일이지."

송정한이 노형진을 불러서 사건을 맡긴 이유는, 이런 중구난방식의 사건이라도 가끔 연쇄살인으로 확장되는 경우가 있기 때문이다.

"이런 건 경찰이 수사해야 하는 거 아냐?"

"잘도 하겠다."

"쩝."

특정할 수 없는 대상.

이런 경우라면 경찰은 우연으로 치부하고 수사를 하지 않는다.

"애초에 수사하려고 했다면 벌써 했겠지."

실종자의 가족들이 신고하지 않았을 리 없으니까.

"경찰 너무 무능한 거 아냐?"

"물론 경찰 중에 무능한 사람도 있겠지만……."

노형진은 한숨을 푹 쉬었다.

"가장 근본적인 문제는 결국 시스템이지."

"하긴, 부정을 못 하겠다."

가장 근본적인 이유는 인원 부족과 상부의 철저한 무시다.

거기에다 죽자 살자 달라붙어서 강력 사건 하나 해결하는 것보다 쉽게 딱지 백 장을 날리는 게 승진에 더 도움이 되는 인사고과 제도까지.

"상황은 이해가 가는데 말이지, 네가 무슨 수로 이 사람들을 추적해? 네가 무슨 능력이 있다고? 너는 변호사지 초능력자가 아니잖아? 뭐, 관심법으로 과거를 보거나 하는 것도 아니고."

노형진은 순간 뜨끔했지만 슬쩍 시선을 돌렸다.

"일단은…… 대표님을 팔아먹어야지."

"응?"

⚖️

"송 후보님이 도움을 주라고 했다고요?"

"네. 그분 부탁을 받고 움직이고 있습니다."

"감사합니다, 감사합니다."

실종자 가족들은 노형진의 손을 잡고 몇 번이나 감사의 인사를 건넸다.

그리고 노형진을 물끄러미 바라보는 손채림.

'팔아먹는다며?'

'팔아먹고 있잖아.'

눈치로 이야기하는 두 사람.

물론 틀린 말은 아니다.

그가 부탁한 것도 사실이고.

그리고 그의 이름을 대자 실종자 가족들이 협조적으로 나온 것도 사실이다.

"다른 후보분들은 뭐라시던가요?"

"다른 분들은……."

얼굴이 우울해지는 사람들.

그럴 수밖에 없었다.

사실상 국회의원 후보들 중 응답한 사람은 송정한 한 명뿐이었던 것이다.

"그럴 줄 알았습니다. 정치인이라는 게 원래 그렇지요."

슬쩍 송정한에 대한 사전 선거운동을 하면서 눈치를 살피는 손채림.

노형진은 그저 웃을 뿐이었다.

"경찰은 뭐라고 하던가요?"

"최선을 다하고 있다고만……."

'가출로 처리하고 말이지.'

이미 여기에 오기 전에 확인해 봤다.

남자들은 다 가출로 처리되어 있었고, 할머니와 젊은 여성 그리고 아이 한 명만 실종으로 되어 있었다.

"할머니 쪽은 주변 양로원들을 찾고 있습니다만……."

"혹시 치매가 있으셨나요?"

"아니요. 정정하셨습니다."

"그래요?"

하지만 경찰은 치매로 인한 실종으로 잠정 결론 내린 상황.

"아이에 관한 건요?"

노형진은 주변을 둘러보며 물었다.

그런데 의외로 대답하는 사람이 없었다.

"아이 가족들은 없나요?"

"둘 다 고아원을 뒤지고 있습니다. 오늘 여기 못 왔습니다."

"아……."

"양해 부탁드려요. 그 사람들도 마음이 급해서 그래요."

"알고 있습니다."

만나서 감사의 인사를 건넬 시간에 고아원이라도 뒤져서 아이를 찾아내고 싶었으리라.

"그 마음, 충분히 알 것 같습니다."

노형진은 고개를 끄덕거렸다.

아이를 잃고 찢어지는 부모의 마음을 누가 이해할 수 있겠는가?

같은 일을 겪어 본 사람이 아니라면 절대로 이해하지 못할 것이다.

"저희도 감사의 인사를 받으려는 게 주 목적이 아니니까, 일단은 실종되신 분 댁으로 가 보죠. 흔적이라도 찾아봐야지요."

"저희가 다 찾아봤습니다만?"

"전문가의 시선은 다른 법이니까요."

다들 고개를 끄덕거렸고, 가장 가까운 곳으로 사람들이 움직였다.

⚖

'이거 뭐야.'

결론적으로 집에 대한 탐색은 완전 꽝이었다.

실종이라고 해도 가출로 인한 것이라면 그 관련된 희미한 기억이라도 있어야 한다.

하지만 아무것도 없었다, 아무것도.

'가출 계획은 없었다는 거네.'

노인들은 자녀들과 함께 살고 있었고, 나머지는 혼자 사는 사람들이었다.

그래서 그들의 집과 자취방까지 모조리 들어가 봤지만, 가출이나 특별한 문제에 관한 기억은 전혀 없었다.

"전혀 문제가 없는데……. 혹시 다른 거 뭐 있습니까?"

"네?"

"아니, 혹시 건드렸다거나 하는 거 말입니다."

"아니요! 전혀 건드리지 않았습니다."

노형진은 턱을 문질렀다.

그 말은 사실일 것이다.

실종자의 가족들은 혹시나 뭐라도 나올까 봐, 절대로 실종자의 물건을 건드리지 않는 게 보통이다.

'이건 의외인데.'

뭐든 흔적이 나올 거라 생각했는데 정말 아무것도 없었다.

'이러면 진짜 실종이라는 건데.'

가출을 하려고 했다면 마음먹고 나갔을 것이다.

그렇다면 흔적은 둘째 치고 사이코메트리에 걸리지 않을 수가 없다.

"그분들이 집을 나가거나 할 이유가 있나요?"

"그런 건 없었습니다."

집안에서 싸움이 있었던 것도 아니고, 남자 한 명이 백수이기는 했지만 나머지 두 명은 일하는 근로자였다.

'아니, 애초에 유치원생밖에 안 되는 아이가 가출한다는 것도 말이 안 되고.'

노형진은 종잡을 수가 없는 이유 때문에 심각하게 고민에 빠졌다.

‘이게 사이코메트리의 문제지.’

　자신이 저지른 범죄이거나 다른 뭔가를 하려고 한 거라면 알아낼 수 있지만, 다른 일에 휘말리는 경우 그 대상을 특정하지 않는다면 결국 다른 사람들과 마찬가지라는 것.

“음······.”

　손채림은 그 옆에서 여전히 이곳저곳을 뒤적거리고 있었다.

　그러더니 갑자기 핸드폰을 꺼내서 뭔가를 검색했다.

“역시, 그러네.”

“응?”

“네 말이 맞다고.”

“내 말이 맞다니?”

“네가 그랬잖아, 실종된 데에는 이유가 있을 거라고.”

“그러기는 했지. 설마······?”

“아까 살펴봤을 때 그들 사이에는 전혀 공통점이 없었지, 하지만 그 공통점이 이제는 생긴 것 같은데.”

“응?”

　노형진의 말에 그녀는 핸드폰의 지도를 꺼내 보였다.

“약국이야.”

“약국?”

“그래. 우연이기는 한데, 처음 간 곳에서 약봉지를 봤거든.”

"어?"

노형진은 당황했다. 자신도 봤으니까.

하지만 요즘 세상에 약봉지 하나 없는 집이 더 이상하다.

거기에다 처음 간 곳은 노인들의 집이다.

노인 집에 약봉지가 없다면 그게 더 이상한 거다.

"그런데?"

"두 번째로 간 곳에서도 약봉지가 발견됐단 말이지. 그런데 세 번째, 네 번째로 간 곳들에서도 약봉지가 나오더라."

노인이야 둘째 치고, 젊은 사람들의 집에도 전부 약봉지가 있다는 것은 좀 이상한 일이기는 하다.

"혹시 아드님들이랑 따님이 어디 아팠나요?"

"어…… 글쎄요."

"약간 감기 기운이 있는 것 같기는 했는데……."

청년들의 가족은 따로 살다 보니 자세한 정보를 알지는 못했다.

"부모님이 병원에 다니기는 하셨죠."

"그 병원이 여기 아닌가요, 요진종합병원?"

"맞아요."

"보세요. 봉지에 적혀 있는 약국의 이름을 찾아보니까 모두 요진종합병원 주변 약국이에요."

"에?"

"네?"

깜짝 놀라는 사람들.

심지어 노형진조차 아차 싶었다.

"같은 병원을 이용했다는 거야?"

"그래. 우연치고는 좀 그렇지 않아?"

"그러고 보니……."

손채림은 다행히 봉지를 찍은 사진을 가지고 있어서 그 사진에 있는 주소를 확인할 수 있었다.

그리고 확인해 보니 분명히 그들이 공통적으로 갔던 병원이 요진종합병원임을 알 수 있었다.

"모르셨나요?"

"저희는 전혀……."

"저희도……."

당황하는 사람들.

전혀 모른다는 표정이었다.

'하긴.'

노인들의 가족이야 워낙 병원을 많이 다니실 나이이니 그러려니 했을 테고, 젊은 사람들의 가족이야 따로 살고 있으니 어디 병원에 다니는지 아닌지 하는 것까지는 잘 몰랐을 것이다.

떨어져 사는 가족들에게 사소하게 아픈 이야기까지 시시콜콜 전부 하지는 않을 수도 있으니까.

"아이는요?"

"확인 한번 해 보시겠어요?"

그러자 한 사람이 다급하게 어디론가 전화했다.

그리고 창백한 얼굴로 고개를 이쪽으로 돌렸다.

"병원…… 다녔답니다."

아이에게 천식이 있어서 병원에서 진료를 받았다는 이야기.

그리고 그 병원 또한 요진종합병원.

"우연이라고 보기는 힘들지?"

여섯 명의 실종자.

그리고 그들의 공통점은 요진종합병원.

"하지만……."

노형진은 침묵을 지켰다.

요진종합병원.

한국에서도 알아주는 규모의 병원이다.

최소 20위권 안에 들어가는 병원이고 매년 수십, 아니 수
백만 명이 다녀가는 병원이기도 하다.

'그리고 그중 여섯 명.'

절대로 많은 실종자는 아니다.

"우연일까?"

손채림은 고개를 갸웃하면서 물었다.

"여섯 명이라……."

노형진은 곰곰이 생각에 빠졌다.

과연 고작 여섯 명일까?

하지만 생각해 보면 말이 안 되는 것도 있기는 하다.

'누가?'

단순히 병원을 다닌다는 이유로 그들을 죽이려고 한다?

그건 말이 안 된다.

"병원에 대한 보복일까?"

가장 먼저 생각나는 것은 그거다.

병원에 타격을 주기 위해, 거기에 다니는 사람을 공격하는 것.

하지만 노형진은 고개를 흔들었다.

"그런 이유라면 차라리 선전포고를 하는 게 더 효과적이지."

"선전포고?"

"그래. 나는 병원에 원한을 가지고 있고 따라서 그 병원에 다니는 사람들을 무차별적으로 공격하겠다, 그렇게 말하는 게 피해를 훨씬 더 빠르고 크게 줄 수 있어. 그런데 그런 말은 들어 본 적 없잖아."

"그건 그렇지. 그러면 어째서?"

"글쎄. 일단은 개인적 보복은 아닌 것 같아."

나이도 다르고 성별도 다르고 사는 곳도 다르다.

당연히 그들이 뭔가를 함께할 기회는 없었다.

"그러니 개인적 보복일 가능성은 없지."

"그러면?"

"일단은 병원에 가 보는 게 좋겠지."

노형진은 턱을 문지르며 말했다.

"안 됩니다."

"아니, 실종 상황이라니까요."

"그러면 법원에서 영장을 받아 오세요."

"지금 한시가 급한데요?"

"그건 우리랑 상관없는 일이고. 영장 받아 오세요."

일단 노형진은 피해자들의 기록을 받아 오려고 했다.

하지만 병원에서는 절대로 주지 못하겠다고 버텼다.

"아니, 왜요? 다른 사람들은 다 주더니!"

"그건 당사자니까요. 하지만 여기에는 당사자가 없잖아요. 법원의 영장 없이 개인 정보를 주는 것은 불법입니다."

"하지만 다급한 상황입니다."

"법대로 하세요."

"끄응⋯⋯."

노형진은 신음을 흘렸다.

그들의 말이 틀린 것이 아니다.

가족이라 할지라도 개인의 정보를 마음대로 얻어 낼 수는 없다.

"제발 융통성을 발휘해 주세요!"

"우리 애를 찾아야 합니다."

가족들이 애원했지만 상대방은 단호했다.

"안 됩니다."

"너무하네."

"너무하지는 않지."

노형진은 한숨만 푹 쉬었다.

"그런 인정을 이용해서 범죄를 저지르는 놈들이 한두 명이 아닌 거 알잖아?"

"그건 그런데……."

"그러니 저들도 어쩔 수 없지."

가족이라고 주장하고 있지만 현재로써는 증명할 수 있는 방법도 없다.

가족관계등록부 같은 걸 가지고 올 수도 있지만, 세상에는 의외로 가족이라고 해도 연을 끊고 살아가는 사람들이 적지 않다.

"그런 사람들이 병을 알고 그걸 범죄에 이용하는 경우도 적지 않으니까."

"쩝."

"더군다나 저 사람이 단호해 보인다고 하지만, 그건 어디까지나 직장인으로서야. 그 사람에게도 가족이 있을 텐데, 불이익이 있을 걸 뻔하게 알면서 무조건 양보해 달라고 할 수는 없지."

자신들에게는 편의를 봐주는 것이겠지만, 그는 명백하게 현행법 위반이고 해직 사유다.

그런 만큼 그가 아무리 봐주고 싶어도 봐줄 수는 없다.

"진정들 하세요. 저 사람도 어쩔 수 없을 겁니다."

노형진은 발끈하는 사람들을 말렸다.

"일단은 법원에 요청을 해야 하는데."

"나올까?"

"글쎄."

변호사가 법원에 요청한다고 해서 그게 나올 리 없다.

결국 경찰에 신고해서 검사가 법원에 영장을 청구하게끔 해야 하는데…….

"이 망할 경찰이 문제란 말이지."

실종이 아니라 가출로 처리하고 수사를 하지 않고 있으니 당연히 검사에게 넘어가지도 않았고, 지금 넘긴다고 해도 최소한 한 달은 걸릴 것이다.

"그러면 어쩌지?"

"이럴 때는 다른 방법을 써 봐야지."

"다른 방법?"

"그래. 과연 실종자가 그들뿐인지, 그걸 알아봐야지."

노형진은 걱정스러운 얼굴로 말했다.

그리고 속으로 넘어오는 말을 꿀꺽 삼켰다.

'그들만 있으면 좋겠지만…….'

최악의 생각이 머릿속에서 떠나지 않았다.

인터넷 작업을 할 팀을 상시 운영하지는 않지만 불법적이지 않은 일에 한해 아르바이트를 하는 사람들을 알고 있는 새론은 그들을 이용해서 인터넷 작업을 할 수 있었다.

그리고 인터넷에서 그들을 동원해서 단순한 질문을 던지는 것은 어려운 일이 아니었다.

"이게 뭡니까?"

요진종합병원의 원장은 눈을 찌푸리면서 말했다.

인터넷에서 떠도는 질문.

그 질문이 그의 심기를 불편하게 하고 있었다.

"보다시피요."

"왜 우리 병원에 다니던 실종자를 찾습니까?"

"아무래도 확인해 봐야 할 게 있어서 그럽니다."

"무슨 말도 안 되는 소리입니까! 이거 영업 방해인 거 알아요?"

"영업 방해 아닙니다만?"

노형진은 씩 웃으며 원장을 바라보았다.

"저희가 인터넷에 올린 건 '요진종합병원에 다니는 사람들이 실종되고 있다.'라는 말이 아니라 '가족 중 요진종합병원에 다니다가 사라진 사람이 있는 분을 찾습니다.'라는 질문입니다. 전혀 다르죠."

"뭐가 달라요!"

버럭 화를 내는 원장.

"이러면 우리 병원 이미지가 어찌 됩니까! 여기가 무슨 실종자를 모아 두는 곳도 아니고!"

"왜 그렇게 발끈하십니까?"

노형진은 미심쩍다는 듯 바라보았다.

"혹시 켕기시는 거 있습니까?"

"뭐요?"

"켕기시는 게 없다면, 고작 인터넷 질문 하나에 발끈하실 필요는 없잖아요?"

"이 인간이 진짜! 내가 누군지 알아!"

"알지요."

다른 곳도 아니고 요진종합병원 정도 규모의 원장이면, 충분히 내가 누군지 아느냐고 언성을 높일 만하다.

다른 사람이라면 충분히 그 말이 먹혔을 것이다.

하지만 상대가 영 좋지 않았다.

"그러면 내가 누군지는 알아요?"

"뭐?"

"제가 도움을 받는 분들이 누군지도 아시죠?"

"그……."

이미 노형진에 대해서는 조사가 끝났다.

그가 가진 돈 자체도 엄청나지만, 등 뒤에 있는 대룡이라는 존재는 아무리 이쪽이 요진종합병원 원장이라고 해도 무시하는 게 쉽지 않았다.

"물론 제가 원장님과 싸울 생각은 없습니다."

"이런다고 내가 그거 보여 줄 줄 알아!"

"보여 달라고 한 적 없습니다만?"

"뭐?"

"어차피 법원을 통해 영장을 받아 낼 겁니다. 그러니까 기다리시면 됩니다."

노형진은 느긋하게 말했다.

"그리고 말입니다."

노형진의 눈은 차갑게 빛이 나고 있었다.

"벌써 실종자가 열다섯 명이나 더 나왔던데, 그에 대해서는 어떻게 생각하시는지?"

"끄윽……."

"병원에 뭘 바라는 게 아닙니다. 그러니까 부담 가지지 않으셔도 됩니다."

노형진은 분노로 부들부들 떠는 그를 두고 미소를 지으면서 바깥으로 나왔다.

바깥에서 기다리던 손채림은 그런 노형진을 보면서 성급하게 물었다.

"뭐래? 안 준대?"

"응."

"독하네."

"독한 게 아니라 그게 정상적인 과정이야. 아무리 그래도, 법적으로 우리가 달라고 한다고 줄 수 있는 성질의 것이 아니니까."

"하지만 실종자가 이렇게 많은데?"

"실종자야 많지만 그게 요진종합병원 책임이라는 증거는 없잖아. 이 병원에서 사망하는 사람이 얼마나 많겠어? 하지만 그들의 책임은 아니잖아."

"흠......."

손채림은 대충 이해가 갔다.

범죄가 연관되어 있을 가능성이 높지만, 정작 명확한 증거도 없이 그들이 저지른 일이라고 못 박을 수는 없다.

"그러면 도대체 왜 압박을 가하는 거야?"

"압박?"

"아니야?"

노형진은 피식 웃었다.

"틀린 말은 아니지만 방향이 틀렸어."

"뭐?"

"내가 압박을 가하는 대상은 병원이 아니야."

"그러면?"

"경찰이지."

"경찰?"

"그래, 생각해 봐. 특정 병원에 다니던 사람들이 집중적으

로 사라졌어. 물론 비교해 봐야 알겠지만, 일단 일반인들의
실종보다는 훨씬 비율이 높겠지.”

“그런데?”

“나는 언론과 국민들에게 병원이라는 키워드를 줬지. 그
리고 그 키워드를 가진 실종자들에 대해 경찰에 질문했어.
그러면 경찰의 대답은?”

“아하!”

경찰은 할 말이 없다. 그냥 들어오는 대로 족족 가출과 실
종으로 처리하면서 제대로 수사도 안 했을 테니까.

“명백한 공통점을 가진 수십 명의 실종자들. 그들에 대해
수사가 전혀 진행되지 않았다면, 과연 언론은 뭐라고 할까?”

노형진은 씩 웃었다.

⚖

“죄송합니다.”

서장은 땀을 뻘뻘 흘리고 있었다.

“아무래도 접수된 지역이 다르다 보니…….”

그는 지금 죽을 맞이었다. 실종자들의 지역이 달라서 몰랐
지만, 요진종합병원에 다니던 사람들 중에서 실종 신고가 접
수된 이가 무려 스물한 명이다.

“아무래도 실종을 신고할 때 요진종합병원이라는 키워드

도 없었고……."

언론에 키워드를 주고 추적시키자 경찰은 죽을 맛이었다.

"그래서 관련 키워드를 가진 사람이 없으니 수사를 안 하셨다? 너무하네요."

"그게…… 일이 너무 많다 보니……."

물론 신고한 사람들 중에도 경찰에 '요진종합병원'이라는 키워드를 말하지 않은 사람들이 많다.

아니, 대부분은 이야기하지 않았다.

하지만 어찌 되었건 그게 언론에 나갔고, 경찰은 제대로 수사도 하지 않아서 간단한 키워드 하나 찾지 못했다는 욕을 먹고 있었다.

"스물한 명이라……."

거기에 실종된 것을 처음부터 알고 있던 사람이 여섯 명.

그렇다면 총 숫자는 스물일곱 명이다.

"지난 3년간 기록이 이렇단 말이지요."

"네, 물론 실종 신고를 하지 않은 분들은 저희도……."

"아, 그 부분까지 뭐라 하지는 않습니다."

노형진은 고개를 흔들며 말했다.

아예 실종 신고가 되지 않은 사람이나 실종 신고를 했다고 해도 가족들이 요진종합병원이라는 키워드와의 관련성을 알지 못한다고 하면, 얼마나 더 많은 사람들이 실종된 건지 예측도 할 수가 없었다.

"영장은요?"

"영장은 금방 나올 겁니다."

키워드가 있고 범죄가 있으면 영장이 나오는 속도는 엄청나게 빠르다.

물론 노형진이 노린 게 바로 그거였다.

병원을 압박해 봐야 안 보여 줄 건 뻔하다.

하지만 경찰을 압박하면 무서운 속도로 영장을 청구하리라.

"그걸 보고 판단을 해야겠네요."

"그럼요, 하하하."

경찰서장은 진땀을 흘리며 속으로 욕을 했다.

'망할 놈들, 일을 제대로 할 것이지.'

제대로 일하지 않아서 자신이 욕먹는 것 같다는 생각에, 그는 욕이 목구멍까지 차올랐다.

'네가 무슨 생각을 하는지 뻔하게 보인다.'

노형진은 그런 그를 보면서 히죽 웃었다.

'너부터 제대로 할 것이지.'

그가 제대로 했다면 다른 사람들 역시 끌려올 것이다.

결국 모든 책임은 자신의 것이다.

"기다리면 기록이 올 겁니다, 하하하."

"기다리고 있겠습니다, 하하하."

두 사람은 서로 다른 생각을 하면서 서로를 바라보며 웃었다.

"역시나……."

별거 없었다.

실종된 사람들의 기록을 보면 특이 사항은 없었다.

나이도, 사는 곳도, 말 그대로 모든 것이 달랐다.

"일이 이쯤 되면 병원에 대한 원한으로 봐야 하는 거 아냐?"

"하지만 진짜 원한이라면 이걸 자랑했겠지."

그 병원에 다니다 보면 실종된다.

아니, 자신에게 죽는다는 사실을 소문낸다면, 병원에 심각한 타격이 갈 테니까.

"하지만 그런 소문은 나지 않았어. 게다가 납치 과정 자체도 이상해."

"응? 뭐가?"

"지금까지 우리가 찾은 실종자면 스물일곱 명이야."

물론 병원이라는 키워드와 연관해서 한 질문인 만큼 다른 이유가 있을 수도 있지만, 어찌 되었건 그들의 병원에서의 기록은 확실하다.

"그런데 실종자는 있는데 그들이 사라지는 걸 본 사람들이 없어."

"응?"

"실종자가 스물일곱 명이야. 그런데 그와 관련된 납치 기록이 전혀 없잖아. 그럴 가능성이 얼마나 될까?"

"그건······."

실종과 납치. 그 두 가지는 전혀 다르다.

실종이면 가출도 포함된 개념이고, 경찰이 적극적으로 수사에 임하지 않는다. 사실 헛고생하는 경우가 많기 때문이다.

"하지만 납치라면 이야기가 달라지지."

누군가가 납치당하는 모습이 목격되었다면 신고가 들어갔을 테고 피해자가 누군지도 알아냈을 것이다. 그러면 그의 기록은 실종이 아니라 납치 피해로 바뀌었을 것이며 경찰이 적극적으로 나섰을 것이다.

하지만 그런 기록이 전혀 없었다.

"즉, 누군지 모르지만 납치를 아주 전문적으로 했다는 소리야."

"실종이잖아?"

"스물한 명이 우연히 실종될 것 같아, 고작 3년 동안?"

"······."

노형진의 말에 손채림은 아무런 말도 하지 못했다.

"이건 실종이 아니라 납치야. 그것도 아주 전문적인."

"그런데 왜 병원 기록에 그렇게 집착하는 거야?"

사실 납치라고 하면 경찰이 나서서 수사하면 된다.

그런데 노형진이 왜 굳이 병원 기록을 보려고 하는 건지, 손채림은 이해가 가지 않았다.

"그게, 아직은 의심만 가는 수준이긴 하지만……."

"뭔데?"

"나중에 말해 줄게."

노형진은 눈을 살짝 찡그리면서 받아 온 기록을 계속 살폈다.

그의 예상대로 서류는 금방 나왔고, 그걸 복사해 오는 건 어려운 일이 아니었다.

"하지만 진짜 관련이 없는걸."

모두가 요진종합병원에 오기는 했지만 진료 과목은 다 달랐다. 누구는 정형외과. 누구는 안과, 누구는 소아과, 누구는 내과…….

"하지만 병원 말고는 전혀 접점이 없는데."

"그렇지?"

"그래."

"하지만 난 접점이 보이는 것 같은데?"

노형진은 눈을 찌푸리며 말했다.

"무슨 접점?"

"탐욕 그리고 죽음이라는 접점이."

그가 원하지 않는 가장 최악의 형태로, 사건이 드러나고 있었다.

다음 권으로 이어집니다

# 200평 초대형 24시 만화방

수면실
(침대식) ── 사우나석

다인석 ── 샤워실

세탁기 ── 신간100%

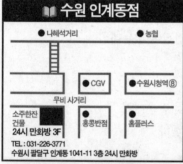

## 📖 수원 인계동점

● 나혜석거리　　● 농협

● CGV　　● 수원시청역 ⑧

무비 사거리

소주한잔
건물
24시 만화방 3F　　● 홍콩반점　　● 홈플러스

TEL : 031-226-3771
수원시 팔달구 인계동 1041-11 3층 24시 만화방

## 📖 의정부점

의정부역 ④
⑤　　　　흥선지하도

◀서울방향

● 진성약국　　● 던킨도넛츠

24시 만화방
3F

TEL : 031-856-3971
경기도 의정부시 의정부동 197-13 3층

## 📖 주안점

주안
남부역

◀제물포

민병철
어학원　　간석동▶
●

25시 만화방 6F

TEL : 032-426-2871
인천광역시 주안남부역 지하상가 4번 출구 GS25시 건물 6층

## 📖 안양점

● 안양역　　육교

◀관악역　　명학역▶

● 농협　　24시 만화방
2F

안양일번가

TEL : 031-466-3771
경기도 안양시 안양동 674-163 조이당구장건물 2층

# 황룡의 비상

이윤규 대체역사 소설

혼란스러운 조선에
첨단 지식의 참맛을 보여 주다!

201X년, 폭발 사고에 휘말린 이영도 대위
그리고 낯선 곳에서 깨어나는데……

지금이 조선 건국 5년이라고?

화포 제작부터 한글 반포까지
조선 발전을 가속시키는 영도
일본 정벌도 식은 죽 먹기!

조선에서 대한민국까지
역사를 재설계하라!

# 퍼펙트 라이프

## 진유호 현대 판타지 장편소설

완벽하게 망가졌던 이 남자, 완벽해져 돌아왔다?
꼴찌 가장 진동수, 인생의 행복을 붙잡아라!

실패한 사업가, 무능한 사원, 가족들에게 무시받는 가장,
그리고…… 담도암 말기
오열하는 모습까지 SNS에 퍼져 전 국민의 비웃음거리가 되고
실패로 점철된 인생이 나락으로 치달은 그 순간,
벼락 한 방에 모든 게 뒤바뀌었다!

사라진 암세포, 강철 체력, 명석해진 두뇌
밑바닥 인생 진동수에게 남은 일은 이제 성공뿐!
그런데 이 능력……
혼자만 잘 먹고 잘 살라는 건 아닌 것 같다?
눈앞의 붉은 선을 따라가면 위험에 빠진 사람들이!

나의 행복도, 남의 안전도 놓치지 않는다!
화랑천 울보남의 국민 영웅 등극기!